ラストレター

浅海ユウ

JN211797

『すべてのことは、願うことから始まる』

それはハルが私に教えてくれた言葉。

『どんなに遠く離れていても心はずっと君のそばにある』

それはハルが私にくれた約束。

泣いて泣いて心が空っぽになったあの日から、ハルの言葉と約束に支えられて、私は今まで生きてきた。

そして、今日、戻ってきたよ。ハルと出会ったこの街に。

――そう。ここで、私とハルの物語は始まった。

目次

ラストレター

プロローグ

　二〇一六年四月、私は高校教師となって、鎌倉に戻ってきた。

　レトロな電車の窓から見渡した湘南の空には雲ひとつなく、一色刷りのような淡いブルーが広がっている。

　晴れ上がった空の下、藍色の海には白波が立ち、濃い緑色の江の島がぽっかりと浮かぶ。

　線路脇には、新芽のついたシラカシの木。窓を開けて手を伸ばせば、その柔らかな黄緑色の葉に触れられそうだ。

『次は〜鵠沼〜、鵠沼〜』

　電車はもうすぐ、高校生の頃に私が住んでいた辺りにさしかかる。

　祖母の家があった方角に目をやってみるが、今はマンションらしき建物に遮られて屋根も見えない。

　この辺も変わったなぁ……。

　四年の歳月を感じ、しみじみと感慨にひたった。

『北鎌倉学園前〜。北鎌倉学園前〜』

母校のある駅の、セメント張りの狭いホームへ降り立つ。

ホームからも海が見えるのだが、もう見慣れてしまっているのか、まだ冬物のセーラー服を着ている少女たちは友達との会話に夢中で、周りの景色には見向きもせず歩いていく。

駅を離れ、視界が開けるとすぐ、懐かしいクリーム色の校舎が見えた。

この校舎は全然変わってないんだな。

手前には視聴覚教室や学生ホールなどの最新設備が整った新館、奥には教室が入った旧館が建っている。

私が見慣れない大人だからだろうか、正門から校内に足を踏み入れると、登校中の生徒たちが、こちらをチラチラ見てくる。

そういえば、私も高校生の頃、校内で知らない大人を見つけると、呼びだされた問題児の保護者か、はたまた不審者か、と思って見ていたような気がする。

生徒たちの視線を感じて、なんだか緊張してきた。

ハル……。

私は心の中でその名を呼び、ジャケットのポケットに手を入れた。そして、指先でお守りを探すように、そこにあるはずの封筒の感触を探る。

それは、先月届いた二宮陽輝からの手紙。家を出る時、迷いながらもポケットに忍ばせた私の精神安定剤のようなものだ。

この手紙の送り主、『ハル』こと二宮陽輝と私はこの学校の同級生だった。今も毎月届くアメリカからの手紙でつながっている、私の大切な人。

夕べも緊張のために眠れず、深夜にこの手紙を読み返した。

【つむ。元気ですか?

俺は病院を出たり入ったりしながらも、こちらの大学院へ進むための準備をしています。

一緒に母校の教壇に立つという約束は守れなかったけど、今自分にできることを全力でやっています。

つむがなりたいのはどんな先生ですか?

その原点を大切にすれば、たとえゆっくりでも理想の教師に近づけるはず。

忘れないで。

すべてのことは、願うことから始まる、ということを。】

それを読み終わった途端、睡魔に襲われ、ぐっすり眠ることができた。といっても、小心者の私は、起床と同時にまた自信を喪失していたのだが。

……ハル。私、うまく先生やれるのかな?

ついこないだまで大学生だった私。そんな自分が教壇に立つことへの漠然とした不安に駆られ、ポケットの中の封筒に手のひらを押しつけた。

『すべてのことは、願うことから始まる』

　読書家でたくさんの言葉や名言を知っているハルが最も愛している言葉のひとつ。

　これまでの人生、願っても思い通りにならないことは幾度となくあった。けれど、『こうありたい』と強く願いながら努力した後の失敗は、後悔が少なかったような気がする。

　この言葉を知ってからの私は、なにをする時もまず、理想の形を願うことから始めるようになった。

　私は生徒ひとりひとりの気持ちに寄り添える、いい先生になりたい。

　そう願ってから、余分な緊張を追いはらうような気持ちで大きく息を吐いた。

　ハル。私、がんばるから。

「よし」と自分に気合を入れ、薬指にはめているリングにキスを落とした。

「校長先生。ご無沙汰してます。今日からこちらでお世話になります」

　ノックをして入った校長室。

　高校生の頃はとても広く感じたこの部屋が、今見るとやけにこぢんまりと感じる。昔は前を通るだけで緊張したのに、教師となった自分がここに立っているのが不思議だった。

四年ぶりに見る角山校長は優しく目尻を下げ、「本当に久しぶりだねえ」と言って、しみじみ私の顔を見つめた。

校長先生の、当時は白髪交じりだったグレーの短髪は今や真っ白になり、シワも深くなったように見える。だけど、以前とまったく変わらない笑顔に、学生時代のいろいろな記憶が一気によみがえった。

私、本当に先生になって、ここに戻ってきたんだ……。

かすかに胸が震える。これまでいろいろなことがあった中、この夢を実現するために今日まで必死に勉強し、努力してきたから。

感動している私に、校長先生がふと思いだしたように尋ねた。

「あ。そういえば、今月のラブレターはもう手元に届いたの？」

ポケットの中の封筒の存在を知られているような気がして頬が熱くなった。

「ラ、ラブレターだなんて、冷やかさないでください。でも、卒業後もずっと東京の自宅へ転送してくださって、本当にありがとうございました」

「それぐらいお安い御用ですよ」

角山校長はその目元に慈愛に満ちた笑みをたたえていた。

校長先生への挨拶が済んだ後、職員室で他の教員たちに紹介された。

「川原紬葵です。よろしくお願いします」

室内にいた十人ほどの先生たちがフレンドリーな笑顔を浮かべ、いっせいに立ち上がる。暗黙のルールでもあるのか、どうやら年齢の高い順に名前と教科を言っているようだ。

「こっちが国語の山本先生……物理の杉村先生に……英語のえっと……えっと……」

これからこの人たちと同僚になり、いろいろなことを学ばせてもらうのだ、と思い、ひとりひとりの名前をモゴモゴと復唱している私を見て、角山校長が甲高い声で、フォッフォッフォッフォッと笑った。

「ま、顔と名前、なかなか一致しないでしょ。必要に応じてその都度、指導係の先生にでも聞いてねフォッフォッ…※▽×……」

この独特の笑い声は、会話の中にもしばしば投入され、校長が一度笑いだすと、後半はなにを言っているのかよくわからないことが多い。

私は曖昧に笑みを返した。

「で、こちらが指導係の松崎智也先生。二年四組の担任で、担当は体育。教務主任と学年主任を兼務されています」

最後にすらりとした男性教諭を紹介された。

白いジャージの上着の下には、カッターシャツとネクタイ。二十代後半ぐらいに見

える が、ふたつの主任職を兼務なんて、よっぽど管理職の信頼が厚いのだろう、と感心した。

「ご指導、よろしくお願いします」

ペコリと頭を下げると、松崎先生が体育教諭らしく爽やかに笑った。

「ほな、いこか」

その口から出た関西方面のイントネーションが、なんだか意外だった。単に、これまで周囲に関西弁の人がいなかったからだろうが。

職員室での顔合わせを終え、期待と不安が入り交じる心を抱えながら、副担任を務めることになっている二年四組の教室へと渡り廊下を歩いていた。その時……。

「川原先生。俺のこと、覚えてへん？」

前を歩いている松崎先生が振り向いた。

「え？　私、松崎先生と、どこかでお会いしたこと、ありました？」

これが学校以外の場所なら、よくあるナンパか、と身構える場面だ。

「君がここの二年生やった時、俺、教育実習で君のクラスを受け持っててん。たしか、君、当時は『藍沢』ていう名前やったよな？」

「そうです……けど……」

たしかにここの生徒だった頃の私は、『藍沢紬葵』と名乗っていた。

「松崎先生、すごい記憶力ですね」

本気で感心した。私みたいに地味で目立たなかった生徒の顔を六年経った今でも覚えているということは、これまで受け持った生徒の顔はすべて記憶しているのでは？と思ったからだ。

「そっかぁ。覚えてへんかあ。俺は覚えてたんやけど」

松崎先生は、まだブツブツつぶやいている。

彼は体育の教諭で、バスケットボール部の顧問だと自己紹介の時に聞いた。本人も、高校時代はバスケットの選手でインターハイまで行ったという。

今見ても、スラリとして整った顔立ちをしているから、当時は女子生徒に人気があったのかもしれない。

そういえば、イケメンで有名なお笑いタレントに似ている気がする。関西弁のせいかもしれないけど……。

「すみません。私、二年生の時、転校してきたばっかりだったので……」

六年も前のことなのに覚えられていて当然と言わんばかりの発言は、いくらイケメン教師でも少々自意識過剰なような気もしたが、一応、言い訳してあやまっておいた。

「へぇ、君、あの時、転校生やったんやあ」

「はい。なので、クラスになじむことで精いっぱいでしたし、もしかしたらあまり周囲が見えてなかったかもしれません」

それはウソだった。あの頃の私の目にはハルの姿しか映っていなかった。

「ふうん。それでかなあ。なんか、いつも寂しそうな顔してたから、なんとなく覚えてた」

教室の中で、ぽつんとひとりでいる自分を思いだし、あの頃の胸の痛みがよみがえる。

が、私が寂しそうにしていた理由を〝転校生だったから〟と片づけたらしい松崎先生は、それ以上、その話をすることはなく、到着した教室の戸をがらりと開けた。

「起立！」

学級委員の声を筆頭に、教室に響き渡る始業のチャイムと、生徒たちの「おはようございます！」というみずみずしい声が重なる。

「じゃあ、ホームルーム、始めます」

慣れた様子で松崎先生が口を開く。実年齢より若く見えるが、さすがは教員歴六年目だ。

いったい私は何年ぐらい教壇に立てば、あんなふうに落ち着いて生徒たちに接することができるようになるんだろう。

緊張しきっている私は、うらやましい気持ちで先輩教師を眺める。

「えーっと。まずは自己紹介します。僕は今年一年、皆さんの担任をさせてもらう松崎です。一年の時に僕のクラスやった人は持ち上がりになってて、『またお前かい！』って思うてる人もいると思うけど、こう見えて割とジェントルマンやから、そないに嫌がらんと、一年間よろしゅうお願いします」

　コントのような軽快な口調が、生徒たちの笑いを誘っている。この後、自己紹介するのは嫌だなぁ、と思っていると……。

「ほな、次は新任の副担任が、僕と違ってフレッシュな挨拶をします。はい、静かに」

　容赦なく、松崎先生がハードルを上げる。

　それでなくてもドキドキしているのに、なんて言おう……。

　それでも、教壇に上がると不思議な高揚感に包まれた。やっと夢のスタートラインについたという達成感と、どこか神聖な気持ちが湧き上がってくる。

「まず、名前、名前」

　松崎先生に促され、「はい」と返事をして、黒板の真ん中に【川原紬葵】と名前を書いて、その横に【かわはら・つむぎ】と読み仮名を添えた。

　こっそり深呼吸をしてから、生徒を見渡す。

　こちらを見ている子もいれば、うつむいて手悪さをしている子や窓の外に目をやっている子がいたり……。ただ、クラスの全員が、自分が高校生の頃よりも大人びて見えて仕方ない。

「えっと……。川原です。まだわからないことばかりですが、みんなと一緒にいろいろなことを学んでいけたらいいな、と思ってます」

緊張していることを悟られないように、できるだけ大きな声でゆっくり話すことを心がけた。

後は好きな本の話でもしようかと思っていた時、それをさえぎるように一番後ろの席の男子が無言で手を挙げた。

「先生。頭、痛いんで、保健室に行っていいですか？」

ゆらりと立ち上がった長身の生徒の、だるそうな顔と声。

「あ。はい」

有無を言わせない空気に圧倒され、つい許可してしまった後で、松崎先生を見る。

「治ったら戻っておいでや」

あきらめ顔の松崎先生が男子生徒を教室から解放すると、他の女子たちが「私も」「私も」と手を挙げる。

「……え？」

クラスの中がいきなり騒々しくなり、どうやって鎮めたらいいのかわからない。私がおたおたしていると、松崎先生が「はいはい」と言いながら、パンパン！と手をたたいた。

「君ら、さっきまでケラケラわろてたやんか。なんで急に、頭が痛なんねん。アカンアカン。はい、じゃあ出席をとりまーす！」

「えー？」と不満そうな声を上げるが、生徒たちの顔は笑っている。

よ、よかった。いきなり学級崩壊するのかと思った……。

ベテラン教師との実力差を思い知らされ、少なからず自信を喪失した。

……ハル。私、ホントに大丈夫かな？

覚悟はしていたけれど、生徒たちは私が想像した通りには動いてくれない。新米とはいえ、自分自身のヘナチョコ教師ぶりに失望した。

それからの、一コマ一コマの授業はとても長く感じた。けれど、一日は終わってみるとあっという間で、授業中、なにかひとつでも生徒たちが習得してくれたのかどうか自信がなかった。

そして松崎先生による帰りのホームルームを見学した後、私は赴任したら真っ先に行こうと思っていた図書室へ向かった。

『北鎌倉学園』自慢の図書室は、広々としていて蔵書も多いことで有名だ。

入り口を入ってすぐのカウンターに、おかっぱ頭の図書係が座っている。

「まだ、開いてる？」

「はい。今日は五時半までです」

生真面目そうな返事を受け取って、思わず壁(かべ)の時計を見る。

「あと、三十分か」

その時計の針に急かされるように、奥のコーナーにある哲学書(てつがくしょ)の棚(たな)へ向かった。

入り口の正面に新刊や話題の書籍(しょせき)コーナーができていること以外は、本棚の位置も私の在学中とあまり変わっていないようだ。

『マルティン・ルター名言集』

ずらりと並ぶ分厚い本の中から、迷わずその一冊を手にとった。本の内側に貼りつけられている紙のポケットから、図書カードを抜(ぬ)いてみる。

やはり昔の宗教学者に興味を持つような生徒は少ないらしく、私がこれを手にしてから四年の月日が経っても、カードにはまだ五つほどの氏名しか並んでいない。

「あった……」

貸しだし記録の一番上にあるのは、【二宮陽輝】の名前。そして、そのすぐ下に【藍沢紬葵】と書かれている。

「ハル……」

そのカードを指先でなでると、『つむ』と優しく呼ぶ声が鼓膜(こまく)によみがえる。

会いたいよ、ハル……。

懐かしいような本の匂(にお)いに包まれ、高校生の頃にタイムスリップしたような切ない気分にひたった。

第一章　あした世界が滅ぶとしても

あれは六年前、私が高校二年になった新学期のことだった。

ある理由で東京にいられなくなった私たち母娘は、鎌倉にある母方の祖母の実家に身を寄せることになった。

両親は一時的に離婚し、私の名前は『川原』から母の旧姓である『藍沢』に変わった。それは、私たちを守るために父が下した決断だった。

幼稚園から大学まで一貫教育の私学へ通っていた私には、幼なじみ同然の友達がたくさんいたが、彼女たちに挨拶もできないまま転校せざるをえなかった。

最小限の荷物だけを持って夜逃げでもするように、こっそりと家を出る。そんな異常な転校が現実となった時、「お父さんに後ろめたいことがないんなら、東京で堂々と生活すればいいじゃん！」と、母を責めた。

困難に立ち向かったことのなかった私には、そうやって幼稚な不満を母にぶちまけることしかできなかった。今までなに不自由なく、両親に守られてぬくぬくと育った私には……。

けれど、鎌倉市内にある私立高校に転校した私を、クラスメイトたちは意外なほど温かく迎(むか)えてくれた。みんなが親切にしてくれて、それだけで単純に気をよくしていた。

「藍沢さん。次の授業、理科室移動だから。案内するね？」

とりわけ、学級委員の宮川理子(みやがわりこ)という生徒があれこれ世話を焼いてくれた。

彼女はしっかり者で、〝クラスみんなのお姉さん〟という感じの存在だった。てきぱきとなんでも自分で判断し、さっさと行動するタイプ。

依存心(いぞんしん)が強く優柔不断(ゆうじゅうふだん)な私とは正反対の性格だったが、彼女とはビックリするほど気が合い、好きな映画や音楽の話はしゃべってもしゃべってもしゃべり足りないぐらい楽しかった。

転校してきてわずか二週間ほどで、私たちはお互(たが)いを「リコちゃん」「ムギちゃん」と呼び合い、親友だと認め合った。

学校での休憩(きゅうけい)時間もトイレに行くのも、駅までの行き帰りの道も一緒だった。

そうやって転校生としてちやほやされ、一カ月も経つと、東京での生活を思いだすことも少なくなった。

そんなある朝、いつも明るくて活発なリコちゃんが、教室の隅(すみ)で泣いているのを見てしまった。

「リコちゃん？」

ビックリして声をかけると、彼女は泣きはらした目をして、「夕べ、従妹が亡くなったの」と、涙交じりに消え入るような声で言った。

「白血病で、ずっと入退院を繰り返していたんだけど……。あんなにつらい治療にも耐えてたのに……」

そこまで聞いただけで、私はもう全身の血が凍りついたような気がしていた。

「あの薬のせいで……」

そのひと言に、心臓を貫かれたような衝撃を覚えた。なにも言えず、ボウ然とそこに突っ立って、リコちゃんの白いハンカチを見ていた。


——それは、転校する一カ月前のことだった。

私は母の隣で、息をつめるようにしてリビングのテレビを見つめていた。

真ん中に座ってマイクを持ち、淡々と説明を行っている大手製薬会社の開発チーム主任研究員、それが私の父だった。

『決して薬害の可能性を隠ぺいしたわけではありませんが、治験の段階でピックアップした患者のデータが不適切だったのは事実です』

自分ひとりが責任を背負おうとしている不器用な父。はっきりとした口調でしゃべってはいるが、その声は乾いていた。いつも大らかで自信にあふれた表情しか見せたことのない父が、憔悴しきっているのがわかる。

「お父さん……」

不安でいっぱいになりながら、画面の中の父を見守った。

父の研究チームが開発した新薬『マリサレート』は、骨髄移植のリスクなしで白血病の症状を劇的に改善し、完治させることが可能な特効薬としてもてはやされた。が、この新薬には恐ろしい副作用が潜んでいた。

十代後半の、ある抗体を持っている患者にだけは効果がなく、逆に強い副作用をもたらすことがわかったのだ。この薬によって急激に白血病自体が重症化したり、ごく稀に他の病気を併発したりし、時に患者を死に至らせることもある。

「お母さん……」

父のためになにもできない自分をもどかしく思いながら、隣に座っている母を見上げる。

母はいつもの凛とした顔に、ニッコリと笑みを浮かべた。

「お父さん、あんなに髪の毛、少なかったっけ？」

唐突に、冗談とも本気ともつかないことを言う。

「そこ？」

つられて笑いかけた唇が、母の頬を幾筋もの涙が伝っていることに気づき、動きを止める。

「紬葵。お父さんのこと、信じてあげて」

母は震える声でそう言った。

お父さんを信じたい……。けど、私には真実がわからない。

小さい頃から、大きな製薬会社で研究員として働いている父が誇らしかった。けれど、実際にはどんな仕事をしているのか、あまり興味を持っていなかった自分が今さらながら情けない。

家には連日、マスコミが押し寄せた。

どうなるんだろう、私たち……。

足元が崩れ、得体の知れない大きな黒い波に飲み込まれていくような恐怖と不安に襲われていた――。

白いハンカチで口元を隠し、涙を流すリコちゃんの横顔を見つめながら、鎌倉へ転校せざるをえなくなった日の出来事を思いだしていた。

あれからまだ一カ月ほどしか経っていないのに、なるべく考えないようにしていたせいか、遠い昔のことのような気がしていた。

突然、あの日に引き戻された私の耳に、当時テレビで父の会見を見たらしいクラスメイトの『あのオジサン、いい人っぽい顔して、よくあんな平気でしゃべれるよね。あの薬で四十人も殺したんでしょ？』と父を中傷する声が届いた。

コロシタ……。

その言葉が再び胸に突き刺さる。

あの日、被害者の身内やマスコミの人たちから、父は殺人鬼かなにかのように非難された。それを聞いて、全身の血が蒸発し、凍りつくような寒気を感じたことが鮮明によみがえった。


リコちゃんの涙を見た次の日は、どうしても学校へ行く気になれなかった。

「藍沢紬葵の母ですが。娘は夕べから熱があって」

私は自分でこっそり学校に連絡を入れ、仮病を使って休んだ。

「行ってきまーす」

母に心配をかけないように、いつもの時間に制服を着て家を出た。が、駅へは向かわず、どこかで下校までの時間をつぶそうと、商店街をブラブラ歩く。

そして午前中は、バーガーショップの二階でぼーっとして過ごした。

スマホでゲームをやったり、動画を見たりしていたが、ファストフード店で時間をつぶすのは半日が限界だった。

退屈になったのと、時おり清掃に入ってくる店員さんの視線が気になりだしたので、店を後にした。

「君、ちょっと、いい？」

商店街を出た所で、スーツ姿の男に声をかけられた。見回りの補導員かと思ってドキリとしたが、男は「君って、ホンモノの高校生？　バイトとか、興味ない？」と、馴れ馴れしく勧誘してきた。

一見、普通のサラリーマンに見えたが、よく見るとスーツの下に派手な色の柄シャツを着ている。

「興味ありません」

それだけ言って無視したのに、甘い言葉を並べながら、ずっと後をついてくる。

「普通にデートするだけで、一回につき一万だよ？」

「オイシイと思わない？」

「学校には絶対バレないようにしたげるからさ」

しゃべればしゃべるほど怪しさが増す男のほうを見ないようにして、早足に歩いていると……。

「ちょっと、聞けよ！」

いきなり手首をつかんできた。

なに？　この人。

恐ろしくなって、その手を振りはらい、脇目も振らずに逃げた。

細い路地に逃げ込み、自分でもどこをどう走っているのかわからなくなった。もう大丈夫だろうと思って、こわごわ後ろを見ると、まだついてきている。

「おいっ！　待てって！」

人が変わったようなドスのきいた声に、心臓がグリュッとうねった。

怖い……。

逃げながら、助けてくれそうな人を探して辺りを見回した。けれど商店街を離れ、住宅地に迷い込んでしまったせいか、昼時のせいか、外を歩いている人は見当たらない。

どうしよう、と途方に暮れそうになった時、少し先に交番が見え、なにも考えずに駆け込んでしまった。

「君、高校生だよね？　今日、学校は？」

警察官の濃紺の制服とまっすぐな視線を見るだけで、委縮した。それでもなんとか、

「そ、創立記念日です」と、とっさにウソをついた。ところが……。

「その制服、北クラの生徒だよね？」

北鎌倉学園のことを地元の人は『北クラ』と呼ぶ。

「は、はい……」

「ウチの子、北クラの一年だけど、今朝、学校へ行ったよ？」

「え？」

対応に出た警察官が、よりによって私と同じ高校へ通う娘を持つ父親だった。

「自宅の電話番号と保護者の名前、ここに書いて」

おっとりとした態度ではあるが、有無を言わせずメモ用紙を一枚ちぎって私の前に置く警察官。

かなり迷った。心労続きの母の顔を思いだすと、どうしても書けない。

「だれか迎えに来ないと帰れないよ？　君、補導されたってことわかってる？」

仕方なく、住所と電話番号、母の名前を書いた。

すぐに母が呼ばれ、よく話し合うように言われた。今回は学校へ報告しないから、と。

何度も頭を下げて交番を出た母は、私にはなにも聞かず、とがめることもしなかった。

「ごめんね、紬葵」

帰り道にしんみりあやまられて、それがかえってつらかった。父のことで転校を強いられ、そのせいで私の心がすさんでいると思ったのかもしれない。

「お母さん、ごめん。明日からちゃんと学校、行くから……」

「無理しないでいいのよ。行きたくない日は家にいてもいいから」

優しくされればされるほど憂鬱になった。

翌日は、母に心配をかけたくないという思いだけで、家を出た。

いつものように入った教室が、とても寒く感じた。

「ムギちゃん。昨日、どうしたの？」

リコちゃんの声にドキリとした。

「う、うん……。体調、悪くて」

いつものように笑顔を作ることができずに、うつむいた。

「大丈夫？」

私の父が彼女から従妹を奪った薬の開発者だとわかっても、こんなふうに優しく心配してくれるだろうか……。

知られた時のことを想像すると、恐ろしくて顔を見ることもできない。

「今日も一緒に帰ろうね？」

それはいつもの会話なのに、指先から凍っていくような気分だった。

「ごめん……。今日、病院行くから、先、帰る……」

まつげを伏せたままそう答えると、リコちゃんは「そう……なんだ……」と寂しそうな声でつぶやき、私の席を離れていった。

その日から、私は教室の中で、静かに目立たないようにして過ごした。

休憩時間や昼休みに席でじっとしているとクラスメイトが話しかけてくる。だから私は、ひとりになれる場所を探して校舎の中をウロウロした。とにかく、だれかと接することが怖かった。

そんな私に対して、クラスメイトたちは自然と興味を失ったようだった。リコちゃんが私に話しかけてくる回数も徐々(じょじょ)に減っていった。心の中で彼女に『ごめんね』と何度あやまったかわからない。

でも、これでいいんだ……。後で、『人殺しの娘なのに平然としてた』と言われるぐらいなら、友達なんていなくていい。

ただ、つらいのは、授業や校外活動でだれかとペアになったりグループを作ったりしなければならない時だった。自分からクラスメイトとの間に距離(きょり)を置き、壁を築いておきながら、そんな時だけは孤独(こどく)でいづらい。

先生が「だれか、藍沢さんを入れてあげて」と言った時のみんなの白けた反応を見るのがキツかった。いつの間にか『陰(いん)キャラ』と呼ばれるようになった私がグループのメンバーに入るだけで、みんなのテンションが下がることもわかっている。

「藍沢さん、こっち、入りなよ」

そう言ってくれるのは、決まってリコちゃんだ。けれど、彼女ももう、以前のように私のことを『ムギちゃん』とは呼んでくれない。

この孤独が、彼女から従妹を奪った人間の娘である私への罰だと自分に言い聞かせた。

いっそ空気になりたい。空気ならだれにも気にされず、傷つけられることもなく、黙ってここにいることを許されるから。

私は本気でそう願っていた。


しばらく経った日の放課後。最近、リコちゃんと仲良くしている女の子が声をかけてきて、「藍沢さん。理子が気にしてるよ？『私、ムギちゃんになにか悪いことしたのかな』って」と、教えてくれた。

リコちゃんが私のことで悩んでいると聞いて胸が痛んだが、それでも自分から彼女に話しかけることなどできなかった。

どうして私がこんな思いをしなくちゃいけないの？

その時、初めて父をうらんだ。私から普通の学校生活を奪った父を。

私が学校の図書室に入りびたるようになったのはその頃からだ。

昼休みや放課後、居場所がなくて図書室へ行くようになり、適当に本を選んで読んでいるうちに、読書が好きになった。

最初の頃は芥川龍之介や太宰治を好んで読んだ。

純文学って、こんなにおもしろかったっけ?

自分でも意外なほど、読書にハマった。なにより、ページをめくり本の世界に没頭している間は、身の置き場のない現実から逃避できた。

放課後は図書室で過ごすことが日課になり、自宅で読む本を借りて帰るようになった。

週末は日当たりのいい縁側に寝転がって一日中、本を読みふけった。時折、祖母が飼っている『マイク』という名前の三毛猫が背中に乗ってきたり、活字の上をしっぽでなでたりしてジャマするのを、適当にあしらいながら……。

それからからほどなく、私はひとつのことに気づいた。

「あれ……。この人、また、私より先に借りてる……」

私が名前を書いた図書カードには必ず『二宮陽輝』という名前があった。

「この本は昨日、返却されたばっかりか……。あれ？　二年三組？　私と同じクラス？」

同じ二年三組の子が昨日この図書室で本を借りているはずなのに、クラスでその名前を聞いた記憶がなかった。先生が出欠をとる時でさえも。

二宮陽輝。ここにはいないはずなのに、時々その存在を不気味にアピールする地縛霊かなにかのようだ。

私以外に幽霊みたいな生徒がいたなんて……。

どうしても彼のことが知りたくなって急いで教室に戻り、隣の席の男子に恐る恐る声をかけた。

「あの……。このクラスの二宮くんって知ってる？」

こんな勇気を出したのは久しぶりだった。

「さあ？」

その男子は首をひねったが、前の席の女の子がいきなり振り返った。

「知ってるー！　三年生でしょ？　有名だよー」

私はクラスメイトの話をしているのに、なぜかひとりでうれしそうに盛り上がっている。

「いや、先輩じゃなくて……」

「あれ？　違った？」

私の失望が伝わってしまったのか、前の席の女の子は申し訳なさそうに笑った。

それでも彼の正体を知りたくて、ホームルームの後で担任の織戸（おりと）先生を廊下まで追いかけて聞いた。

「先生！」

クラスでは幽霊のようにおとなしい私が、教室から勢いよく駆けだしてきたせいか、振り返った先生はちょっと驚（おどろ）いたような表情だった。

「藍沢さん、どうかした？」

「先生、二宮くんって子、ウチのクラスにいるんですか？」

すると先生は、『なんだ、そんなことか』という顔になる。

「二宮くんねぇ、今年に入ってから学校へ来てないのよ。膵炎（すいえん）だったかなぁ……。しばらく休学することになってるわ」

「え？　でも……」

一年生の時から在校しているクラスメイトが彼の存在を知らないのが不思議だ。それに私が借りた本の図書カードには、つい最近、彼が借りた痕跡（こんせき）がある。

「でも、学校に本だけ借りに来てるなんて……ないよね……」

この難解なミステリーに首をひねっていると、担任はニッコリ笑って、「ああ。図書室の本のことね？　藍沢さん、校医の二宮先生を知ってる？」と、逆に尋ねてきた。

「あ、はい……。転入の時、保健室で問診（もんしん）を受けました」

白衣がよく似合うショートカットの女医さんだったが、その時以来、会っていない。

「先生の息子さんなのよ」

「え？　そうなんですか？」

私と同じ年の子供がいるとは思えない、若々しい美人だったような気がする。

「二宮くん、本当はこの四月で三年生に上がるはずだったんだけど、出席日数が足りなくて、留年したのよ」

なるほど。どうりで同級生が彼のことを知らないはずだ。

もしかして、前の席の女の子が言っていた〝有名な三年生〟は、彼のことなのだろうか。でも、学校を休みがちなのに有名？　休学してることで有名？　いや、やっぱり、あれは別の三年生のことなのかな……。

あれこれ考えている私に、織戸先生が話を続ける。

「学校に来れない陽輝くんの代わりに、二宮先生がお昼休みに本を借りて、放課後、病院へ届けてるみたいよ」

毎日のように図書室に行っているのに、校医の先生が来ているなんてまったく気づかなかった。といっても、いつも一番奥の目立たない席で本の世界を漂流しているから、同じ空間にいても目に入らなかっただけかもしれない。

病気で学校に来ることができない男子か……。二宮陽輝。どんな子なんだろう。

想像をめぐらせながら、去っていく担任の後ろ姿をぼやっと見送った。

家に帰ってすぐに『膵炎』という病気を調べた。

慢性と急性があり、若い男性には急性が多いらしい。急性膵炎は治りやすい病気らしいが、今年に入ってからずっと休学していることから察すると、当面は安静にしておかなければならないような病状なのだろう。

病院のベッドの上でつまらなそうにしている、華奢で小柄な青白い顔の男子を想像した。

それまで私は、自分のことを世界で一番不幸な高校生だと思っていた。けれど、そんな自分と同じように、本の世界にしか楽しみを見つけられないらしいもうひとりの生徒を発見した。それだけで、わけもなく気が楽になる。

そんな自分を最低だと思う。だけど、最悪の毎日を過ごしている私は、どうしても彼への〝黒い興味〟を止められなかった。


次の日から、昼休みだけは図書室の真ん中に座って、入り口を見張った。

あ……。来た。

織戸先生が言った通り、校医の二宮先生が図書室に現れた。メモのようなものを片手に、きょろきょろしながら数冊の本を選んでいく。

私は静かに読書するふりをして先生の横顔を盗み見しながら、どんな男の子なんだろう、とまた彼女の息子の容姿を想像していた。

病気で休学中、そしてどうやら読書が好きそうだ、という数少ない情報から連想するせいか、どうしても弱々しい男の子を思い描いてしまう。

校医の先生に声をかけて息子さんのことを聞いてみることも考えた。けれど、自分の中の彼に対する興味は決して純粋なものではない。自分より不幸な生徒探し以外の何物でもない。

それを考えると、とても自分から声をかけるなんてことはできなかった。

　そんなある日、いつになく急いだ様子で図書室に駆け込んできた二宮先生に、いきなり声をかけられた。

「読書中にごめんなさいね。この本、どこにあるか、知らない？」

見れば、図書係は他の生徒に対応中。二宮先生は腕の時計を気にしている。今日は時間がないのだろう。

　私は立ち上がりながら、メモをのぞき込んだ。【オルフォイスへのソネット】と、整った文字で書かれている。

「ああ、リルケの詩集なら、こっちです」

「あ。それ、詩集なんだ」

　案内する私の背後から、感心したように笑う気配を感じた。

「先生が読まれるんじゃないんですか？」

　すかさず、聞いた。だれが読むのかを知っていながら。

「それ、入院中の息子のリクエストなのよ」

「そうなんですか」といかにも知らなかったような顔で答え、私はメモにあった詩集を棚から抜いて手渡した。

「これです」

「ありがとう。助かったわ」

相当忙しいのか、そっけなく背を向ける二宮先生を、思わず「あの」と呼び止めてしまった。

「あの……。私、いつも昼休みと放課後はここにいるので、もしよかったら、メモをお預かりして、放課後までに用意しときましょうか？」

言ってから、ちょっと唐突すぎたかな、とドギマギした。

親切心からというよりは、自分より不幸そうなクラスメイトが最近はどんな本を読みたがっているのかに興味があった。その申し出には後ろめたさがあり、不審に思われたかな、と緊張する。

「え？　あなたが？」

二宮先生はキョトンとした顔をしている。

「先生がいつも迷いながら本を探してらっしゃるの、見てたから」

不自然な理由にならないよう、言葉を重ねた。

「そうなの。私、本を見つけるのが苦手で、いつも図書係の人に教えてもらってるの。だから、そうしてもらえると助かるけど、ホントにいいの？」

校医の仕事は時期によってとても忙しいと聞いたことがある。二宮先生は昼食の後、短時間で本を見つけるのが本当に大変だったのだろう。「いいの？」と言いざま、パッと顔を輝かせて私の手を握ってきた。

「え、ええ……」

こっちがとまどうほど、簡単に話が進んだ。

それから毎朝、保健室に立ち寄り、メモを受けとって、昼休みに本を探す。そして、放課後になると、二宮先生のために借りた本を届けるという習慣を続けた。

一週間も経つと、この美人校医と打ち解け、雑談できるようになった。

放課後の保健室で、日誌をつけている二宮先生の横に診察用の丸イスを移動させ、

『私はあまり読書とかしないから、息子がどんな本を読んでいるのかわからないの』

と言う彼女のために、過去に彼が借りた本のあらすじや内容を話した。

その頃から、先生は私に小さなプレゼントをくれるようになった。

『これ、いつも本を探してもらってるお礼と言ってはアレなんだけど、私、こんなかわいい柄のハンカチ使わないから、もらってくれるとうれしいわ』

『私、外国のお菓子、苦手なのよ』

そんなふうにいろいろな理由をつけて。

もらい物だというそれらには、大抵【MADE IN USA】と書かれたシールやタグがついていた。

「先生、アメリカにお友達か親戚がおられるんですか？」

不思議に思って尋ねると、いつもは気持ちがいいぐらいストレートな受け答えをする先生が、その質問に限っては珍しく、「ええ、まぁ……」と歯切れ悪く答えた。

二宮先生から渡される贈り物は、〝かわいい〟を通りこして〝愛くるしい〟という形容詞がピッタリのラッピングが施されていることが多い。まるで、恋人へのプレゼントみたいに。

だから、最初はステキすぎるプレゼントにとまどったけれど、合理的でサバサバした〝ザ・リケ女〟のような彼女が遠慮や社交辞令を嫌うことがわかってからは、「ありがとうございます」とお礼を言って、制服のポケットにしまうようになった。

そんなある日、忙しそうに電卓をたたきながら、それでも私の話に耳を傾けてくれていた先生が、ふと思いだしたように口を開いた。

「ああ、そうだ。藍沢さん。いつでもいいから、前の学校の時の健康診断票、持ってきてね。転入の時に言わないといけなかったのに、私ったら、うっかりしてたわ」

「え？　私の転入って、先月ですよ？」

「だよねー。ごめんね。もし見当たらなかったら、前の学校に再発行してもらえるか聞いてもらえないかなあ？」

ごめんね、と繰り返しながらも、いつものようにケラケラ笑っている。

父のことをクラスメイトに知られたらどうしようとか、このまま卒業するまでずっと幽霊みたいにしてなきゃいけないのかな？とか、自分がいつもじめじめと思い悩んでいるせいか、こんな先生のさっぱりした性格に惹かれ、憧れた。

こうして、二宮先生と保健室で過ごす昼休みが、学校で唯一楽しい時間になっていった。友だちと距離を置いている私が心から笑える場所は、他になかったから。

そして、たとえわずかな時間でも自然体で過ごせるようになった私の中で、二宮陽輝への黒い興味は徐々に薄れ始めた。

先生が『ハル』と呼ぶ息子さんの存在は、〝私よりかわいそうな男子〟から〝大好きな校医の息子さん〟へと進化したのだった。

ところが、二宮先生との交流が始まって三週間が経った、ある昼休み。

「先生。前の学校の診断書、持ってきました。再発行してもらったんで遅くなりました」

そう言って、いつものように保健室をのぞくと……。

「あ！　藍沢さん！　待ってたわ！」

先生の顔に、いつにも増して歓迎ムードが漂っている。

「ど、どうかしました？」

私が手渡した診断書入りの封筒は目もくれられず、そのままデスクの隅に置かれた。

「今日、どうしても病院へ行けないの。もし迷惑じゃなかったら、藍沢さん、図書室の本、届けてくれないかな？」

二宮先生が私を拝むように手を合わせる。

「え？」

すっかり先生と親友にでもなったような気分になっていた私は、かつて自分の中にくすぶっていた彼女の息子への黒い興味を思いだし、なんだか申し訳ないような気持ちになる。

「あ、はい……。でも……」

「ごめんなさいね。無理すればいけないこともないんだけど、どうしても今日中に片づけたい仕事があって」

見れば、デスクの上には書類が山積みになっている。

「そう……なんですか……えっと……」

うにゃうにゃ言っているうちに、先生の両手が私の右手を包んだ。

「ありがとう！　ごめんね！　恩に着るわね！」

断る理由を見つけることもできず、私は複雑な気持ちで配達を引き受けた。

「五時からが病院の夕食の時間で、その後、六時まではお友達と談話室にいると思うの。それ以降なら病室にいるから、届けてやって」

先生が白い歯を見せてにっこりと笑う。

「こんなかわいい子が本を届けてくれたら、ハルも喜ぶわ」

先生は私が直接、本人に会って本を手渡すと思い込んでいるようだった。

いやいや、初対面の男子の病室に乗り込んで直接手渡しとか、あり得ないし。人見知りの上に、後ろめたさ満載の私が彼の顔を見られるはずもなく……。とにかく、六時までにこれを息子さんの病室へ置いて、ダッシュで帰ろう、と決意を固めていた。

――キーン、コーン、カーン、コーン……。

終業のチャイムが鳴り終わらないうちに私は教室を飛びだし、のんびりとホームへ入ってきた電車に駆け込んだ。

『藤沢ー。藤沢ー』

駅舎を出てからは、先生が書いてくれた地図とスマホの時計をにらみながら、一心不乱に目的地を目指す。

国道からひとつ道を逸れ、なだらかな坂を息を切らしながら登りきった所に、豊かな緑に囲まれた立派な病院が見えてきた。

急いでポケットからスマホを出して時間を確認する。

「五時三十分……。よし！」

今の時間、二宮陽輝はまだ談話室にいるはずだ。

ホッとしながら大きな玄関から建物に入り、エレベーターで三階まで上がる。

「三〇五号室……三〇五……三〇五……」

メモに書かれた病室を探して廊下を歩いた。

等間隔に並んでいる扉の横に、病室の番号と、入院患者の名前を記載した正方形の表示板がある。

「あった……！」

恐る恐るスライディングドアを引き、そっと中をのぞき込んでみると、ベッドが四つ。それぞれを区切って覆うカーテンが天井から吊るされているが、すべて開かれていて、四床とも空っぽだ。案の定、だれもいない。

「よかった……」

ホッと小さく息をつき、消毒の匂いと生活臭の入り混じる病室へ足を踏み入れた。

四人部屋の一番奥の窓際のベッド。白いフレームに名札がはってある。

【二宮陽輝】【肝・膵臓内科　担当／中山】

患者と主治医らしき名前が上下に並ぶ。

「膵炎だっけ……」

間違いない。このベッドだ。

読み終わった本はいつもサイドテーブルの上に置いてあると、先生から聞いていた。

たしかにテーブルの上には、昨日図書室で探して先生に渡した『宇宙創成・上巻』が置いてある。

その本を返却するために引き取り、今日、借りてきた『宇宙創成・下巻』をトートバッグから出した。

「けっこう難しそうな本なのに。二宮陽輝、ホントに読むの速い……」

最近は読書が趣味のくせに、読むのが遅い私は思わずため息をつく。

まだ読んではいないが、次に借りようと思っていた。たしか、ビッグ・バンに関する話だっけ、とバッグに入れかけた上巻を開いて冒頭に目をやる。

彼が借りる本には、必ずと言っていいほど引き込まれる。

思った通り。やっぱりおもしろそう。今度、借りよう。

ポンと本をたたんで気がつけば、病室の壁の時計が五時五十五分を指している。

「やば……」

慌てて手にしていた本をトートバッグに放り込み、急いで病室を出た。

走ってエレベーターホールまで戻り、そこで息を整えていると、エレベーターの到着を告げる『チン』という軽い音がした。

とにかく早くこの場所から離れようと焦るあまり、降りてくる人たちと鉢合わせになった。

「あっ、すみません！」

慌てて脇へよける。その時……。

「え……」

エレベーターのケージからゆっくりと降りてくる男の子に目が釘づけになった。彼はとても背が高く、均整のとれた体と、彫りの深いはっきりとした大人っぽい顔立ちをしている。

モデルみたい……。

思わず見惚れていると、私と同様に脇へよけてエレベーターから降りる人を待っていた男の子が、「おう、ハル！」と呼んだ。その相手は私が見惚れている男の子だったらしく、彼がこちらを向いた。

友人を見つけてほほえんだその顔は急に幼くなり、それはそれでかわいらしく魅力的だ……、と思ってから気づいた。

「え？　ハル？」

私の隣を通り過ぎる横顔を、つい二度見してしまった。

「うん？」

うっかり私が口から発してしまった名前に反応するように、薄茶色の大きな瞳が私を見下ろしている。

目が合っただけで、左胸がドキリと音を立てた。

うわっ……。や、やば……。

とにかくこの場を逃げだしたい一心で、エレベーターに飛び込んだ。

必死で【CLOSE】のボタンを押し続けたが、やたらとゆっくり閉まる扉に視界が遮られるまで、吸い込まれそうなほど綺麗な瞳が私を見ていた。

「あー、ビックリした……」

初めて見た二宮陽輝の印象は鮮烈だった。

普通に黒いスエットの上下を着ているのに、まるで彼にだけスポットライトでも当たっているかのように目立っていた。青白い顔をした、小柄で痩せぎすの少年をイメージしていた私には、〝衝撃的〟と言っても過言ではないほどのルックスだった。

ビックリするぐらいカッコよかったな……。

頭の中で再生される二宮陽輝の姿は、プロモーション・ビデオのスローモーションシーンみたいに美しく優雅だった。

それまで、相手がどんな性格かもわからない段階で一目惚れをするなんて、自分には絶対あり得ないと思っていたのに、完全に心奪われてしまっている。

帰りの電車に揺られながら、特別なオーラすら感じた二宮陽輝の華やかな容姿を、私は何度も思いだした。

「ハルには会えなかったんだって？」

病院に本を届けた翌日、校医の二宮先生が残念そうに言った。

「え？　は、はい……」

きっと、電話かメールで『今日は別の人間が本を届けるから』と連絡を取り合っていたのだろう。

「そうなんだあ。親の私が言うのもアレなんだけど、すっごいイケメンなのよ。藍沢さんに自慢したかったのに、残念だわ」

「そ、そうなんですか……。は、ははは……。私も残念です」

彼の姿を見なかったことにして笑う私に、先生は引き出しから出した紙袋を差しだした。

「はい。これ、お礼。また、もらい物で悪いけど」

それは思わずため息が出るほど綺麗な色の傘だった。

「うわぁ……。開いてみてもいいですか？」

パッと広げると、カラフルな花柄で、これまた四十前後の女性にはかわいすぎる柄だ。

だれからのプレゼントなんだろう。

でも、最初に贈り主を聞いた時、先生がなんとなく言いにくそうにしていたことを思いだし、聞くのはやめた。

「これから、いっぱい活躍する季節が来るでしょ」

デスクの方に向き直った先生が、傘をクルクル回しながらたたんでいる私に、「ごめんね。忙しいのにお遣いさせちゃって。今日からはちゃんと自分で行くから」と書類になにかを書き込みながら言う。

その言葉にひどくガッカリしている自分がいた。もう一度、あの美麗な姿を見たいと思っていたが、どうしようもない。

「傘、ありがとうございました」

先生が忙しそうなので、お礼を言って丸イスを立った。そして、そのまま保健室を出ようとしたのだが、頭の中で二宮陽輝の姿がリプレイされ、勝手に足が止まる。

「あの……」

そして、唇までが勝手に開く。

「私、これからも本、病院に届けましょうか？」

「え？」

先生がビックリするように書類から顔を上げて、入り口の私を振り向く。気のせいか、その顔が一瞬（いっしゅん）、とまどっているように見えた。さっきは私が息子さんに会えなかったことを残念だと言ったのに。

「冗談よ？　息子がイケメンなんて言ったのは」

先生は、私が彼女の自慢の息子を見たくて、これからも本を届けると申し出たと思っているようだ。

今度はじっくり彼を観察したいと思っていたから、当たらずといえども遠からずではあったけれど……。

「あ。違います。私、先生のイケメンの息子さんに会うのが目的とかじゃないですよ？私、本は病室にそっと置いてくるだけのつもりです」

「え？　それだけのために、わざわざ行ってくれるの？」

先生がますます不思議そうな顔をする。

「ちょうどダイエットしようと思ってて。私、部活もやってないし、駅から病院までの坂道がウォーキングにちょうどよくて。ダイエットがてら歩こうかと。いつも三日坊主（ぼうず）なんですけど、なにか歩くための目的があればサボらないかな、と思って」

我ながら、とっさに出たとは思えないほど上出来のウソだった。

「でも……」

いつもは竹を割ったような性格の先生が、今日はやけに慎重で、遠慮がちに言葉を濁す。

それがじれったかった。

「先生のおうち、由比ヶ浜なんですよね？　ウチ、鵠沼なんで、医療センターまで近いし……」

「そう？　持っていってもらうだけっていうのも申し訳ない気がするけど。藍沢さんがそこまで言ってくれるんなら……」

先生は少し考え込むような顔をしていたが、ようやく私の申し出に乗ってくれた。

「それなら、私も心置きなく残業できるわ。あの子、私のお見舞いじゃなくて、本を待ちわびてるだけだから」

「そんなことはないと思いますけど、私でよければ……」

あんなに猛プッシュしておいて今さら謙虚な発言をしても遅いって、と心の中で自分にダメだしをする。

「わかった。でも、面倒になったら、いつでも言ってね」

気持ちを切り替えたように、ようやく笑った先生がかわいくウインクした。

面倒になんて絶対ならない、と思いながらも、私は「はい」と答えて保健室を出た。

あの麗しい少年が待ちわびる本を、彼に届けるという役目が与えられたのだ。これで、彼のいる病院へ堂々と出入りする理由ができた。

　私は廊下の隅で、やった！と小さくガッツポーズをした。


　それからの私は、毎日、二宮陽輝……ハルくんの病室に本を届けるようになった。

　もちろん、あの美しい少年に会って直接本を手渡す勇気などなく、放課後、ダッシュで学校を出て電車に飛び乗り、駅から走って病院へ行った。

　そして、彼が談話室から戻る前、つまり六時までに病室のサイドテーブルに本を置き、再びダッシュでエレベーターホール脇にある自動販売機コーナーへ身を潜める。

　そこで、食事を終えたハルくんがエレベーターから出てくるのを待つのだ。

　そんな時の私は、どう見ても不審者のようだと思うが、どうしても彼の姿を見ずに帰ることはできなかった。

「来た……！」

　エレベーターの到着を知らせる「チン」という音を合図に、コーナーでジュースを買うふりをしながら横目でホールを盗み見る。

　ああ、やっぱり、カッコいい……。

　自主的に本を届けたその日から、私はハルくんの観察日記をつけるようになった。

【五月二十四日。本日、ハルくんにお届けした本は『キルケゴール』の哲学書。

今日のハルくんの服装は、グレーのカットソーに下は黒のジャージ。

ポケットに手を入れて、だらだら歩く。

ぼーっと廊下に立っている時、後ろから来た友達らしきパジャマ男子に、〝膝カックン〟をされて、追いかけっこになり、看護師さんから厳しく注意される。

美形男子は、怒られている時のシュンとした顔もかなり魅力的【

帰りの電車で、スマホのスケジュール帳に【今日のハルくん】を入力するのが日課になっていた。

そして就寝前にそれを読み返すのが至福の時になり、なんとなくストーカーの気持ちがわかるような気がして怖くなったりもした。

本を届けるようになって一週間が経っても、私はハルくんを遠巻きに眺めていることしかできなかった。いや、それだけで十分満足していた。ところが……。

五月最後の日。いつものようにだれもいない病室に入り、テーブルの上の本を入れ替えて出ていこうとした時、入り口にだれか立っているのに気づいた。

「あっ……」

その姿をはっきりと見た時、ドキリと心臓が躍(おど)った。

ハ……ハルくんだ……。

顔を見たのは、いや、直視できたのは、一瞬だけ。それでも、ドクンドクンと心臓が大きく脈打ち、足が凍りつきそうになる。そして重い氷のようになった足とは対照的に、頬は燃え上がりそうなほど熱くなる。

でも、本を置いたところは見られてないはず。

私はすぐに目を伏せ、他の患者さんのお見舞いを装って病室を出ようとした。その時……。

「えっ!?」

ハルくんの顔を見ないようにして脇をすり抜けようとしたのに、彼は道を譲らないどころか、入り口の前に立ちはだかったまま両手を広げた。手を伸ばせば届いてしまう距離だ。

どうしよう。なんで通せんぼ？　ど、どうやってこの場から逃げだそう……。

そう必死に考えていると……。

「やっぱり」

意外なほど深みのある声が頭上から聞こえて、ギクリとしながら恐る恐る顔を上げる。

「君が藍沢さんでしょ？」

決めつけるように言って、ファッション雑誌の男性モデルみたいに涼しく笑っている。

「え？　あ……えっと……」

混乱していて、『はい』と返事をしていいのかさえわからない。ただ、心臓が口から飛びだしそうなほどドキドキしていた。

「別に隠れなくてもいいじゃん。藍沢さんって女の子が毎日本を届けてくれてることは、母さんから聞いてるし」

「う……。は、はい……」

「前にエレベーターのトコで会ったよね？」

「ええっ？」

あの時は一瞬、目が合っただけだったのに、覚えてたんだ……。

うれしいような、恥ずかしいような、ごちゃごちゃの感情が混ざり合い、自分の顔がどんどん熱くなるのを感じる。

「それに最近、よく自動販売機のとこでジュース買ってるよね？」

「ええぇっ？　ど、どうしてそれを……」

さすがにそれは気づかれていない自信があったのに、と今度は背中に嫌な汗を感じ始めた。

「いつも栄養ドリンク買ってるから、精力的な子なんだなぁ、と思って」

真顔で言うハルくん。

「え？　せ、精力？」

いつも時間をかけて自動販売機に小銭を投入し、横目でハルくんの姿を見ている。そして彼が通り過ぎた後で、不自然にならないよう目の前のボタンを押していただけだ。

ガコンと重い音を立てて落ちてくるその炭酸飲料は、飲んでみると意外においしかったので、飲み物の種類なんてまったく気にしていなかった。

恐らく彼は通り過ぎた後、こちらを振り返って、ドリンクを手にする私の姿を見ていたのだろう。

まさか、気づかれてたなんて……。

中年のオジサンが買うようなエナジー系のドリンクを手にして、意気揚々と帰っていく自分の姿を想像した。

毎日、【滋養強壮！】なんて書かれてる栄養ドリンク飲んでるなんて、私、絶対、変な子だって思われてる!?

「ち、違……」

今度は恥ずかしくて泣きそうになった。

「いいじゃん、どんなジュースが好きでも」

「だ、だから、好きなわけじゃ……」

「それより、せっかく来てくれたんだから、話くらいしようよ。まだ喫茶室も開いてるし」

それが当たり前のことであるかのように笑って、さっさと廊下へ出て歩き始めるハルくん。

「う……、あ、は、はい……」

がっくりと落ちた肩を元の位置に戻せないまま、先を歩く黒いクロックスを見つめる。

ペタペタ音を立てるサンダルの上の、素足の白いかかとがまぶしかった。

うなだれたまま彼の後から喫茶室に入るとすぐ、目の前の背中が止まった。

「今日もエナジーパワー？」

「は？」

気がつくと、自動販売機の前だった。ハルくんは小銭を投入し、冗談ぽく笑いながら私の答えを待っている。

「い、いいえ！　アップルジュースで！　普段はリンゴジュースなんです！　……ていうか、自分で買います」

神々しい笑顔を直視できなくて、サイフを探すのを口実に顔を伏せ、バッグを探る。が、なかなか小銭入れが見つからない。

「いいよ、これくらい。いつも本を届けてくれるお礼だよ」

「す、すみません」

リンゴ果汁一〇〇パーセントと書かれた小さな紙パックのジュースと、カップのホットレモンを買った彼は、窓際のテーブルを選んで腰を下ろした。

ひ、ひゃあ……。む、向かい合わせだ……。とても直視できない。

彼の正面に座る前から緊張して、今度は額に変な汗を感じている。

「北クラ、どう?」

話しながら足を組みかえる姿も、すごくサマになっていた。

「……あ。はい。楽しいです」

とっさにウソをついてしまった。

故意に存在感を消し、空気のように過ごしている学校生活が楽しいわけがない。今の私が学校で楽しいと思える時間は、保健室にいる時だけだ。けれど、そんな事実を彼に知られたくない。

「いいなぁ。行きてーな、ガッコ」

ハルくんは窓の外を見てひとり言のように言いながら、テーブルに片方の肘をついてカップを口に運ぶ。そんな大人っぽい仕草には不似合いな、子供のように素直な発言。

「まだ、行けそうにないんですか?」

「どうかな。いつになったら登校できるかわかんないから、一応、通信教育で大検受ける準備もしてるんだ」

けれど、その顔に悲観しているような表情はなく、綺麗な目元に漂っているのは、母親である二宮先生に似た爽やかな微笑。

「できるだけ高校に行って卒業したいと思ってるけど」

彼が学校へ来たら女子が騒ぐんだろうな、と想像した。

私なんか、近寄ることもできなくなるだろう。

そう思うと、今この瞬間がとても貴重に思える。それなのに、なにを話していいかわからない。

「……本当はこの春、三年生になるはずだったんですよね？　病気、そんなに悪いんですか？」

しばらく続いた沈黙にこらえきれず、なんとなく聞いてしまった。

こんな繊細な話を率直に聞けたのは、彼の仕草や顔色が、病人というイメージからかけ離れていたせいだろう。

陽に当たっていない肌は透けるように白いが頬は血色がよく、げっそりもしていない。なにより、表情が生き生きとしている。

「ストレートに聞くねえ」

ビックリしたように指摘されて慌てたが、口から出した言葉を消すことはできない。

「す、すみません」

あやまる私を見て、ハルくんがからかうようにクスッと笑った。

「いや、気を遣われるより全然いい」

そう軽やかに言った彼はふと表情をかげらせ、「けど、最近、あんまりよくはないかな……」と語尾を沈ませた。

ハルくんはそれ以上、詳しい病状については語らなかった。

膵炎だと聞いて軽く考えていた私は、彼の口調の重さにハッとした。

半年以上、学校を休んでいるのだから、病気の種類がなんであれ、体調がいいはずはないのだ。なんて配慮のないことを聞いてしまったんだろう。

今さらながら自己嫌悪に陥った時……。

「そんな顔、しなくていいって。マルティン・ルターも言ってるじゃん。『たとえあした、世界が滅亡しようとも、今日、私はリンゴの木を植える』って」

ハルくんはそう言って、重い空気をはらうように笑った。

「え？　ルター？」

その言葉の意味も、会話とのつながりもわからない。

「知らない？　マルティン・ルターっていう宗教学者」

「名前くらいは知ってますけど……。でも、あした世界が終わったら、今日植えたリンゴは食べれないんじゃないですか？」

「だよね」

私が投げた素朴な疑問に、ニッコリと白い歯列を見せて笑うと、ハルくんは言葉を続けた。

「けど、もしかしたら、ひと晩寝て起きた時、絶望的だと思われた世界が大きく変わってるかもしれない。すごい発明で、世界の終わりが回避されるって展開になる可能性はゼロじゃないだろ?」

「それは……そうですけど……」

現実はSF映画みたいにそんなにうまくいかないような気がする。

「けど、俺がルターの言葉で一番好きなのは『すべてのことは、願うことから始まる』という言葉なんだ」

「願うことから始まる……」

知らず知らず、口に出してつぶやいていた。

「そう。今こうしてる間にも、世界中の科学者たちがいろいろな病気の治療法を研究してるんだから、どんな病気でも、いつかきっと治る日が来る。それはあしたかもしれないし、遠い未来かもしれない。だったら、それがあしたであることを願って、今自分にできることを精いっぱいする。あしたが自分にとって理想のあしたになるように」

その言葉は、ハルくん自身が自分を励(はげ)ますための名言なのだろう。けれど、その言葉は私の気持ちも少しだけ軽くしてくれた。

お父さんはそういう人たちの病気を癒やすための研究をしてたんだ。だれかの〝あした〟を変えるために。

そう思うと、父のことが誇らしくなり、隠してクラスメイトたちとの間に壁を作っている自分が不自然に思えてくる。

「なんか……私も、その言葉……好きです」

私がそう伝えると、ハルくんはまたニコッと笑った。

「それより。えっと、名前、なんだっけ？」

カップを口に運びながら、彼が聞いた。

「は？　藍沢ですけど？」

さっき病室で、私に『藍沢さんだよね？』と確認したのに、と不思議に思いながら答える。

「それはわかってる。まだボケてないし、頭は丈夫なほうだよ。聞いたのは、下の名前」

緊張しすぎているせいか、なんだか話がかみ合わない。

「あ、ああ。ごめんなさい。紬葵です。藍沢紬葵」

「紬葵ちゃんかぁ。じゃあ、『つむ』って呼んでいい？」

「え？」

じっと目を見て尋ねられ、再びドキンと左胸が鳴った。

「俺はハルでいいから。仲のいい友達はみんなそう呼ぶんだ」

「は、はい……」

スマホに観察日記をつける時は彼のことを【ハルくん】と書いている私だが、面と向かって彼を『ハル』と呼び捨てにできるだろうか。

「で、その敬語も今日でやめよっか。俺たち、同級生だし」

「………」

返事につまった。

この恐ろしく魅力的な男子と、この先、タメ口をきけるようになるんだろうか。それどころか、『つむ』なんて呼ばれて、まともに返事ができるだろうか。

「ね?」と、今度は瞳の奥をのぞき込むように見られる。

「は、はい……」

目を伏せ、やっぱり敬語で返してしまう。

そんな私にガッカリしたように、ハルくんは「ま、いいや」とつぶやいた後で、「毎日会ってたら、そのうち慣れるよ」と続けた。

「え?　毎日?」

ビックリしてまつげを跳ね上げてしまった私を、ハルくんが目を細めるようにして見つめる。その目元がやけに色っぽく見えた。

「これからは、早めにメシ食って、つむが来る時間には病室で待ってるから」

『えぇーっ!?』と心の中で大声を上げ、頭の中がパニック状態に陥る。

「だって、せっかく届けてくれるわけだし。俺、今はクラスメイトとしゃべる機会なんて、ほとんどないし。学校のこと、いろいろ教えてよ」

「………」

するとと私の返事を待たずに、ハルくんは壁の時計に目をやった。

「ああ、残念。もう七時だ。玄関まで送るわ。駅までの道、暗いとこあるから気をつけて」

私の帰り道を心配したらしく、ハルくんはイスから立ち上がった。

病院の大きな玄関まで来て、雨が降っていることに気づいた。

カバンから折りたたみ傘を出した時、ハルくんが指摘した。

「それ、もしかして母さんにもらった?」

「は、はい。もらい物だけど、って。でも、どうしてそれを……」

「たしか、ウチのクローゼットの中でずっとホコリをかぶってたような気がする。それに、ここ、【USA】って書いてある」

ハルくんが傘の柄についている小さなロゴを指差す。続いて、「ダッドの趣味、若いからな」と苦笑いした。

「ダッド？」

「あ。父さんのこと。ウチの両親、別居中なんだ。仲が悪いわけじゃないんだけど、お互いの仕事の都合でね。ダッドは本国へ戻ってる」

二宮先生が私にくれた愛くるしい品物は、彼女の夫からのプレゼントだったらしい。女子高生にぴったりの趣味が恥ずかしくて、贈り主についてははぐらかしていたのだろう。

それからハルくんは、病院の玄関先で父親のことを話してくれた。

ダッド、つまりハルくんの父親は日本人とアメリカ人のハーフで、カリフォルニアのメディカルスクールを卒業した後、しばらく日本の研究機関で働いていたのだという。そこで二宮先生と知り合って結婚したのだが、去年、ビザの関係で帰国し、今はニューヨーク市内でクリニックを開業して、ハルくんと二宮先生が来るのを待っている状況(じょうきょう)なのだそうだ。

ハルくん、クォーターなんだ。どうりで……。

祖母が白人だと聞いて、彼の日本人離れした等身と、彫りの深い顔立ちに納得した。

「アメリカ人ってさ、スキンシップとか愛情表現がなくなったら離婚って国民性だから、実はちょっと心配してるんだ。母さんの仕事の都合もあったんだけど、俺がこんな病気にならなきゃ今頃アメリカで一緒に住んでたんだろうな、って思って」

ウソ……。もし彼が元気だったら、私たちは出会ってなかったかもしれないってこと？

ハルくんは残念そうに言ったが、私は彼に出会えた奇跡と幸運をかみしめた。

その後、ハルくんと別れの挨拶を交わし、ふわふわするような気分で家路についた。

『すべてのことは、願うことから始まる』

ハルくんから教えられた言葉と、彼の笑顔を何度も頭の中で再生する。

そして電車の中で、彼から聞かされた『リンゴの木』の話を思いだした時には、やっぱり父のことを憎むべきじゃない、と考え直したりもした。

けれど、クラスメイトに事実を打ち明けるほどの勇気はまだ湧いてこなかった。


それから私は、ハルに直接本を手渡すようになった。

最初は彼を『ハル』と呼ぶことに慣れなかったけれど、うっかり『ハルくん』と呼ぶたびに『ハ・ル』と覚えの悪い子に教えるみたいに訂正され、やっと呼び捨てにできるようになった。

ハルの病室には必ずと言っていいほど、入院中の高校生らしき男子が数人いる。

男の子という生き物は不思議なもので、一か所にたむろして、それぞれがスマホをいじったり、ゲームをしたり、コミックスを読んだりしていても、気にならないらしい。たまに、だれかが、なにかをしゃべったりもするが、大抵は短い会話で終わり、それぞれがまた別のことに没頭しているのだった。

別に一緒にいる必要ないんじゃない？と思ったりもしたが、私とハルがふたりっきりで、ただ黙って本を読んでいるよりはマシな気もした。きっと意識しすぎてしまってロクにしゃべれず、沈黙が続くだろう。

それでも、ハルのベッドの周りにいるメンバーの中で、自分が一番深い所で、彼とつながっているというかすかな自信があった。グループの中で、私と彼だけが本の世界に漂っていたから。

「これ、今回の本屋大賞受賞作。まだ図書室に入ってなかったから、母さんに言って買ってきてもらったんだ。つむ、もう読んだ？」

それが彼のクセなのか、斜め前辺りに座っていると、こっちの瞳の奥をのぞき込むように顔を傾けて聞いてくる。その時、ドキッと心臓が跳ねるのにだけは、いつまで経っても慣れそうにない。

「あー。それ、まだ読んでない」

ドキドキしているのを悟られないよう、できるだけ軽いトーンで返す。

「ていうか、近所の書店では【売り切れ】って書いてあったよ？」

「じゃ、貸そうか？」

「ごめん。まだ、この前借りたの読めてないから。次、借りるね」

ハルの読書は、日本人作家の小説はもちろん、外国のSFやファンタジー、哲学書に歴史小説、とカテゴリーが幅広い。

私にとっては苦手なジャンルもあって、ペースダウンすることもしばしば。だから、読んでも読んでも、ハルの読書のスピードになかなか追いつかないのだ。『俺、ヒマ人だからな』と本人は笑うが、それにしても読むのが速い。

「あ、でもハルの好きな川端康成はやっと制覇したよ！」

「そうか、ついに制覇したか」

その満足そうな顔を見ると私もうれしくなって、彼が薦めてくれた本を読み漁ってしまうのだ。

「俺はやっぱり『古都』が好きだな。つむは？　なにが一番よかった？」

「私も『古都』！」

本当は『雪国』も『古都』も、最初はなんとなく古くさい感じがしてなじめなかった。でも、ハルとの会話を充実させるために必死で読み進めるうちに、だんだんと川端康成の独特な世界へと引き込まれた。

といってもまだ、映画化されるようなライト文芸のほうが刺激的でおもしろく感じてしまうのだが、こうやって暇さえあれば本を開き、ハルと感想を言い合う場面を想像しながら私はひたすら活字を追っていた。もはや読書を楽しむどころではなかったが、ハルも同じ物語の世界に漂ったのだと思うと、その本が愛おしかった。

そして私は、それまで経験がないほど国語の偏差値が上がり、思わぬ相乗効果に驚いた。

しばらくして、ハルの病室に集まるメンバーに変化があった。

よその病院から転院してきたという中学生ぐらいの女の子がひとり、加わったのだ。こぼれ落ちそうなほど目が大きいアイドルのようなかわいい顔をした子だった。実際、芸能人のように周囲の視線を集め、男の子たちからチヤホヤされている。

真奈(まな)という名前の彼女は、ハルと同じ膵臓の病気だと聞いた。そのせいかどうかはわからないけど、ハルも彼女のわがままには寛大(かんだい)すぎるように見えた。他の男の子みたいに彼女の機嫌をとるようなことはしなかったけれど。

真奈ちゃんの大きな目は、いつもハルを見つめていた。そして、甘い声でハルのことを『ルキ』と呼んだ。それは彼女だけの呼び方で、彼女が甘えるように『ルキぃ』と呼ぶのを聞くと、私の心はじりじりと妬(や)けた。

「ルキぃ。英語、教えてぇ」

「ああ、いいよ」

ハルの病室に学校の教材を持ち込んでは、自分の家庭教師のように彼を独占(どくせん)し、その間、他の人間はふたりに声もかけられない。ハルが読書する時間も削(けず)られ、私は他の男の子たちと同じように、ただハルの病室にたむろするひとりになってしまった。

「えー？　過去完了って、そういう意味なのお？」

「え？　そこから？　お前、そんな基本的なこともわかってねーの？」

ハルが真奈ちゃんを『お前』と呼ぶたびに、胸の奥がギシッときしむ。

「だってえ。英語の先生、教え方がヘタクソなんだもん。ルキみたいにカッコよくないしさー。ホント、サイアク」

真奈ちゃんがハルの顔を下からのぞき込むようにして笑いながら、馴れ馴れしく彼の腕をつかむのを見ると、その日の夜は気持ちがザワザワして眠れなかった。

そして、真奈ちゃんの姿がハルの病室に見えない日はホッとした。

彼女は自分の友だちがお見舞いに来る日だけは、ハルの病室に来ないのだった。


「つむ。喫茶、いこ」

真奈ちゃんがハルの病室に姿を見せなかったある日、私はハルに誘われ、久しぶりにふたりだけで喫茶室へ行った。

向かい合ってココアを飲み、時々、窓の外に目をやったりしながら、静かに文庫本を読んでいるハルに質問を切りだすタイミングを計っていた。

「真奈ちゃんって、ハルのこと好きなんだね」

ハルが最後のページをめくった時、私は思い切って彼女の話を持ちだした。

「そうかな?」

心当たりがない様子でポカンと聞き返す。

「絶対、そうだよ」

「ふうん」

「ふうん、って……」

彼の曖昧な受け答えに焦(じ)れた。

「ハルは真奈ちゃんのこと、どう思ってるの?」

そう尋ねると、ハルは深く考え込むような顔をした。

「どう思うって言われても……」

自分の気持ちって、そんなに考えなきゃわからないようなものなんだろうか。

ドギマギしながらハルの顔を見つめ、返事を待った。

「妹、かな」

その返事に安心しながらも、「けど、真奈ちゃんはそう思ってないよ」と余計なことを言ってしまう。

「そうか?」

「そうだよ、絶対」

「だとしても、今だけだよ」

　ポツリと言ったハルが寂しそうに笑っている。

「それ、どういう意味？」

「退院したら二度と来ないよ、病院なんて」

「そう……かな……」

　あれほどハルに熱を上げている女の子が、退院した途端、お見舞いにも来なくなるなんてことがあり得るのだろうか。

「そういうもんだよ。今日だって、友だちが面会に来てるから、俺の病室には来ないだろ？」

「そう言われてみれば……そうだけど……」

「外の刺激ってすごいじゃん？　それをわざわざこんな退屈でいろいろと気を遣わなきゃいけない場所に何度も来たくないだろ。退院したら、外来で通院してるヤツがたまに顔見せるくらいのもんだよ」

　そう話す、あきらめたような顔が、彼の入院生活の長さを物語る。

「俺には、こんな辛気くさい場所に毎日通ってくるつむのほうが不思議だよ」

「そ、そう？」

「来てくれて、うれしいけどさ」

照れくさそうに笑みを浮かべるハルとの間に、気恥ずかしいような空気がたちこめた。その時……。

「もぉ、ルキぃ。探したじゃん、部屋にいないからあ」

唇をとがらせた真奈ちゃんが現れた。

「今日は数学、教えてぇ」

甘えたようにハルのトレーナーを引っぱる。

「お前、友だちは？」

「もう帰っちゃったよ。だから、早くぅ」

「わかった。わかったから、引っぱんな。お気に入りのアディダスが伸びるだろ」

面倒くさそうに言いながら、ためらいなく真奈ちゃんの手をつかみ、トレーナーから引き離す。

真奈ちゃんの手にさわった……。

退院したら二度と来ない女の子だと言いながら、その親しげな態度が気になる。

「じゃあな、つむ」

苦笑しながら立ち上がるハル。

時計を見たら七時。いつもハルに玄関まで見送られて帰る時間だ。

「ルキぃ、早く行こうよぉ」

ハルを急き立てるように喫茶室から連れだす真奈ちゃんが、私を振り返ってにらんだ。それは、あからさまにジャマ者を見るような目だった。

私はひとり、テーブルに取り残され、ハルが飲みかけのまま置いていったカップを見つめる。

真奈ちゃんみたいに、自分の気持ちをぶつけられたらいいなあ。

自分には無理だとわかっていながらも、うらやましくて仕方がなかった。

そんなことがあった翌週、真奈ちゃんの退院が決まったことを知った。

梅雨に入って間もなくのことだ。

その日、彼女はハルの病室で号泣し、周囲を困惑させた。

「退院するのに泣くなんて、贅沢すぎんぞ」

ハルにたしなめられ、真奈ちゃんは涙でいっぱいになった目で彼を見上げた。その顔は、同性の私から見てもキュンとくるぐらいかわいい。

「だってえ、今までみたいにルキに会えなくなるじゃん」

真奈ちゃんの自宅からこの医療センターまで一時間以上かかるのだという。

「でも私、毎日ルキのお見舞い、来るからね」

「来なくていいよ。中坊は中坊らしく、ちゃんと青春しろよ」

そんなふうにハルに突き放され、真奈ちゃんはさらに大声で泣いた。

「意地悪！　ルキの意地悪！　絶対、来る！　毎日、ルキに会いに来るんだから！」

そう宣言して、真奈ちゃんは雨の中、涙ながらに退院した。


真奈ちゃんは予告通り、一週間は毎日、ハルのお見舞いに来た。けれど、次の週にはパッタリと姿を見せなくなった。

「あんなにハルに夢中だったのに」

あきれる私に、「そんなもんさ」と、ハルはこうなることがわかっていたようにつぶやく。口ではあきらめているように言いながらも、その横顔はどことなく寂しそうに見えた。

妹のように思っていた存在がいなくなった感傷だろうか。それとも、本当は異性として好意を持っていたのだろうか。あんなにかわいい女の子から慕われて、うれしくない男の子がいるなんて思えない。

じゃあ、毎日のように本を届ける私はどう思われてるんだろう……。

自分がハルにとってどういう存在なのか、知りたいような知るのが怖いような、複雑な心境だった。

私が病院に通い始めて一カ月が経ったある日。

「アイツ、今朝からずっとあそこにいるんだけど。不審者じゃね？」

突然、ハルが窓から外を見下ろして言った。

なんだなんだ、とゲームやスマホをいじっていた男子たちが窓の方につめかける。

「そういえば、私が来た時もウロウロしてたっけ」

背広を着た普通のおじさんに見えたが、朝からずっと門の辺りにいるのだと言われると異常なものを感じる。

「つむ、帰りは気をつけてな。最近、変な事件が多いから」

いつになく不安げなハルの表情を見て、私も怖くなってきた。

「う、うん……」

そういえば、隣の街で昨日起きた強盗未遂事件の犯人がまだ捕まっていない。たしか会社帰りのＯＬさんに道を聞くふりをして近づき、バッグを奪おうとしたが抵抗され、いきなりナイフで刺そうとしたと聞いた。幸い、被害者は犯人が突きだしたナイフをよけ、指にかすり傷を負っただけだったらしいけれど……。

私みたいに反射神経の鈍い人間が突然切りつけられたりしたら、ひとたまりもないような気がする。

病院に出入りする人間を物色するようにじっと見ている男の人を病棟から見下ろしながら、急に不安になった。

その日の夕方、ハルに玄関まで見送られ、いつもより少し緊張しながら外へ出た。

うわ、あの人、まだいる……。

門の向こうにある植え込みの陰に隠れるようにして、出てくる人間を物色しているように見える。

お金を持っていそうな見舞客でも探しているんだろうか。

玄関前のアプローチまで出てきたハルが、「ここで見てるから」と、私を送りだす。

「う、うん。じゃあね。また明日ね」

季節外れのマスクをした男との距離が縮まるにつれ、胸の動悸がひどくなるのを感じる。

男の横をドキドキしながらすりぬけようとした時、男が私に向かって歩いてきて、行く手を阻んだ。

……え？

私が左へよけると、男もそっちへ移動して前に立ちはだかる。

恐ろしくて足が震えた。早くこの場を逃げだしたいのに、恐怖で足がすくんでしまって動かない。

すると、男はポケットに手を入れてゴソゴソやりながら、「ちょっと聞きたいんだけど」と声をかけてきた。

刺される！

そう思って体を固くした時、背後から「おじさん、この子になにか用？」とハルの声がした。同時に、スカートの腰の辺りのプリーツを引っぱられ、彼の後ろへやられる。

「ハ、ハル……」

ホッとしながらも、病院の敷地から出てきた彼に驚いた。入院患者というものは、お医者さんの許可がなければ、一秒でも病院の外へ出てはいけないと思い込んでいたからだ。

いきなりハルに、『おじさん』と呼ばれた男は一瞬、息を飲むように黙り込んだ。が、私とハルを何度か見比べてから、「君、この病院に入院してる子？」とハルに尋ねた。彼の服装がカジュアルな部屋着で、足元はサンダルばきだったからだろう。

「は？」

逆に質問されたハルが、面食らったような声を出す。

「君、内科の松井佐奈恵って看護師さん知ってる?」

おじさんは続けざまにハルに向かって聞いた。

「え? 松井……ああ、看護師長の?」

「これ、渡してくれないかな」

そう言って、おじさんが背広のポケットから出したのは、白い封筒だった。

よかった。ナイフじゃなくて……。

ハルの後ろで、ほうっと大きく息をついた。

「中、なに?」

ハルは落ち着きはらった態度で封筒を街灯にかざす。

「渡せばわかるから。た、頼んだよ! 内科の松井さんだよ!」

おじさんは焦った様子で叫ぶと、逃げるように坂を駆け下りていった。

「オーケストラの演奏会のチケットみたいだ。自分で渡せばいいのに」

白い封筒を明かりに透かして見ていたハルが笑った。

そういえば、ナースステーションで見かける看護師さんの中に、女優さんかと思うような美人がいる。彼女のナースキャップに師長を意味する黒い二本線が入っていたから、多分あの人だ、と思い当たった。きっと、入院中かお見舞いの時に、彼女を見初めたのだろう。

「び、ビックリしたあ……」

ハルが来てくれなかったら、道に座り込んでしまっていたかもしれない。

「俺も。アイツがポケットの中ゴソゴソやり始めた時、刺されるかと思った。ほら、手、震えてる」

そう言って差しだされた右手を、迷いながら握る。けれど、彼の手は震えていない。それどころか、恐る恐る触れた私の手を強く握り返してくる。

「ちょっ……。ウソじゃん。全然震えてないし」

「へへ。バレたか」

いたずらっぽく笑ったハルがパッと手を離す。そのそっけなさが寂しい。もっと手をつないでいたかったな……。

「けど、ビビッてたのはホント。こんなこと、初めてで」

おじさんに声をかけた時の自分を思いだすように、ハルがふふふと笑う。

「ありがと、ハル。助けてくれて」

「助けるってほどのことじゃなかったけどな」

そうして、ただの勘違い(かんちが)だったことをふたりでネタにして笑った。

「けど……。一瞬だけ、つむの身代わりになって刺されて死ぬっていうのもカッコいいかも、って思った」

ハルが使った『死ぬ』という言葉と、私の身代わりになるという悲劇的なシチュエーションに陶酔しているような顔にゾッとした。

「そんなの絶対ダメだから！」

私の剣幕に、ハルはたじろぐような顔をした。でもすぐに、「冗談じゃん」と軽く笑い飛ばした。

「冗談でも、そういうこと言わないで」

ハルが自分のせいで死ぬという場面を想像し、感情的になってしまった。

「悪かったよ。二度と変な妄想しないから」

激怒する私に圧倒されたみたいにハルがあやまる。

「……ていうかハル、病院から出てきて大丈夫なの？」

急に心配になって、今度は恐る恐る尋ねていた。

「これくらいはいいだろ。結界があるわけじゃないんだから」

「それはそうだけど」

ハルが、「病院の敷地の中でしか、つむを守ってやれないのがもどかしいよ」とため息交じりに笑う。

守る……。ハルが、私を？

身代わりは困るけど、ハルが私を守りたいと思ってくれていることはうれしかった。

「ほら。暗くなる前に帰りな。つむの姿が見えなくなるまでここにいるから」

両手をポケットに突っ込んで、ハルがぶっきらぼうに言う。

『ここにいるから』

そのお守りのような言葉に包まれ、時折振り返りながら、私は何回も手を振って坂道を下りる。

そのたびに、ハルは『しっし』と犬でも追いはらうような手つきで、『早く帰れ』のジェスチャー。

やがて黒いシルエットになり、街路樹の陰に見えなくなるまでハルはそこに立ってくれていた。

七月に入ってからも、私はあいかわらず、日曜日以外は毎日病院へ行っていた。

平日はハルが私の帰り道を気にするので、一時間くらいしか一緒にいることができない。だから、いつも物足りないような気持ちで帰宅した。

でも、土曜日だけは特別だ。午後からずっと病院にいることができる。半日近く一緒に過ごせるのだ。授業がない土曜日も図書室は午前中だけ開放されていることが、私にとって幸運だった。

「日曜日も会いたいなぁ……」

ひとり、自室でつぶやいてみるが、日曜日は本を届ける口実がない。

ハルは本を持っていない私のことも、歓迎してくれるのかな……。だけど日曜日はお見舞いの人も大勢来るだろうし、毎日私が押しかけたら彼も疲(つか)れるかもしれない。なにより、ハル自身が『日曜日もおいでよ』とは言ってくれない。

もっとハルのことを知りたいのに……。

一緒にいればいるほど、彼のほうへと気持ちが傾く。

けれどハルの言動からは、私に対する特別な感情は感じられなかった。私自身、ハルみたいに魅力的な男子から好意を持たれるような要素が自分にあるとは思っていない。

私はハルに、学校の友だちの話も、家族の話もできない。できるのは、本とテレビの話くらい。そんなつまらない女の子が、ハルのように大人っぽくてカッコいい男子から想われようなんて、そもそも身の程知らずな話だ。

それが嫌というほどわかっているから、友だち以上の存在になることはあきらめている。

ただ、ハルにとって特別な存在じゃなくても、ふたりだけの時は一緒に喫茶室へ行ったり、ベッドに座っている彼の横にイスを置いて、ふたりっきりで本を読んだりすることがある。そんな時はハルを独占しているような気がしてちょっぴりうれしい。

だけど、ハルは退屈してるかも……。

そう思って、いつも不安だった。もしかしたら、もう一緒に過ごすことに飽きているかもしれない、と。

そうやって些細なことに一喜一憂していた、ある土曜日の昼下がり。

「つむ、放課後に一緒に遊ぶ友だち、いねーの？」

ハルに尋ねられ、ついに来たか、と思った。

「う、うん……。一緒に寄り道するような子はいない」

ビクビクしながら、またウソをついた。

私には放課後どころか、休憩時間を一緒に過ごす友だちさえいない。父のことがバレてしまうんじゃないかとおびえ、人気のない校舎裏の花壇で花を見たり、ぼーっとしたりしている。

「私が毎日来るのって、迷惑……だよね？」

そういう流れになるのだろうと思って先回りした。

「んなわけないじゃん」

ハルがだるそうに否定する。

その答えに一瞬、色めきたった私だが、「俺はここから出られないんだから、来てくれるヤツはだれでもウェルカムだよ」と、不特定多数の歓迎カテゴリーに放り込まれた。

だれでもウェルカム？　微妙な返事だ。

「本を届けてくれるのはうれしいし、小説の話ができるのはつむだけだから、俺は楽しいけど、つむが退屈なんじゃないかと思ってさ」

今こそ自分の想いを伝える時だと思った。たとえ一方通行の気持ちだとしても、彼のそばにいるのは自分がそうしたいからなんだ、と。けれど、なんと言って告白すればいいのかわからない。

すると、迷っているうちにハルが「つむ、部活は？」と先に口を開いた。これまた、私にはつらい質問だ。

「部活はやってない」

終業のチャイムが鳴るまで、クラスでじっとしてるのが精いっぱいの私。部活なんて考えたこともなかった。

「せっかくの高校生活なのに、部活やらないって、もったいなくないか？」

「そ、それはそうかも……しれない……けど」

「俺、読書クラブに入ってるんだ」

「は？　読書クラブ？」

自分が通っている高校にそんなクラブがあったことさえ知らなかった。

「俺が一年の時、校長先生に直談判して作ったクラブ」

「すごい行動力……」

素直な感想を漏らすと、ハルは誇らしげに、自分で発案し部員も集めたのだ、と教えてくれた。

「ふうん。けど、地味そうな部活だね」

それも正直な感想だった。

「そうでもないよ。意外とアウトドアなんだな、これが」

「アウトドア？　読書クラブが？」

部員が集まって図書室で読書をしているイメージしかない。野外活動なんてまったくピンとこない。

「小説の舞台となった場所を回って景色を見たり、作中に出てくる料理を現地に食べに行ってみたり。意外と鎌倉には小説に出てくる土地が多いんだよ。川端康成とか江戸川乱歩の作品が有名だけど、他にも太宰 治の『道化の華』とか」

「へえ、そうなんだ。その部活、おもしろそう。ハルが学校に戻ったら、私も入ろうかな」

ハルと一緒に江ノ電に揺られ、小説の舞台となった場所をめぐる日を想像した。他の部員の顔を知らないので、想像の世界ではふたりきりだ。

デートみたい、と思ってうっとりした。

……いやいや、ふたりきりの部活なんて、あり得ない。

自分で自分の妄想をかき消した時、ハルがふとスマホに視線を落とした。

「ああ、もう七時だ」

結局、想いを告げることができないまま、帰る時間になってしまった。

「つむ、無理しなくていいからな」

いつものように玄関で見送られる帰り際、ハルが私を呼び止めた。

「え？」

「予定がある日は、無理に本を届けなくてもいいから」

あっさりと言うハルに、ひどく失望した。

「無理なんかしてないよ！　私にとっては、ここでハルとしゃべったり、本を読んだりするのが一番好きな時間なの！」

ムキになって大声を出してしまった私を、ハルは観察するような目でじっと見ている。

心の底をのぞくような視線にドキッとし、顔が火照るのを感じた。

し、しまった……。想いを伝えるとしても、こんな言い方じゃない。こんな子供っぽい告白なんて、するつもりなかったのに。

後悔で胸がいっぱいになりながら口をつぐんだ私を見て、ハルが不意にニコリと笑う。そして、ぽつりとつぶやくように、「愛いヤツ」と漏らした。

「へ？　ウイ？」

一瞬、ハルの言ったひとり言のようなつぶやきの意味がわからなかった。

「いや。なんでもない。じゃな」

ハルは珍しく照れくさそうな顔をした後、そっけなく踵を返して廊下を戻っていく。

「うい？」

フランス語みたいだ、と思いながら、今日は私がハルの後ろ姿を見送った。

病院を出て、薄暮れに包まれ始める坂道を駅へと向かいながら、ようやくハルは『愛いヤツ』と言ったのだ、とわかった。

電車のドアにもたれ、スマホで『愛い』という言葉を検索する。

大体のニュアンスはわかっていたけれど、画面に現れた【愛いとは、好ましい、健気である、かわいい、愛すべき、の意味】という説明に、カッと頬が燃える。

いや、冗談だってば。ふ、ふうん、幸田露伴の小説の一文が有名なんだ。

なんて、わざと気を散らしてみるけれど、心臓はいつまでもドキドキと落ち着かない。

鵠沼駅からのいつもの帰り道には、くちなしの甘い香りが漂っていた。

その週の日曜日は、いつにも増して月曜日が待ち遠しかった。

マジ、退屈……。今頃ハルはなにをしてるんだろう……。

いつものように縁側で本を開き、時々顔を上げて庭の隅に咲くホウセンカを眺める。するとと、わけもなくハルの姿が彷彿とした。彼が私に向かって『愛いヤツ』と言った時の、慈しむような、なんとも言えない優しい視線を何度も思いだし、自分でも気持ち悪いほど照れた。

早く月曜日にならないかな……。

期待しすぎないようにしても、いつの間にかドキドキワクワクしていた。それなのに……。

「ごめんね、藍沢さん。ハル、しばらく無菌室になるらしいの」

月曜日、ホームルーム前の教室に現れた二宮先生から、そう告げられた。

「無菌室？」

膵炎でも無菌室で治療することがあるのだろうか。無菌室と聞くと、どうしても別の病気を連想してしまう。たとえば、白血病……。

「一時的なものだと思うわ。抵抗力が弱まってるんですって。感染しやすくなってるから、しばらくは無菌室で安静にするようにってことみたい」

先生は私の不安を吹き飛ばすように、いつもの笑顔を浮かべ、明るい声で言う。

「そう……なん……ですか……」

先生の言葉を聞いても、なかなか頬を緩めることができなかった。

「無菌室の中には消毒していないものは持ち込めないし、中に入れるのは身内の者に限られちゃってて」

しばらく顔も見れないんだ……。

自分の肩ががっくりと落ちるのを止められない。

「よくなったら、また届けてやってね」

「はい……」

土曜日はあんなに元気そうだったのに、と、ガッカリしている私に救いの手を差し伸べるように、先生が「あ、でも。窓越しに顔だけなら見られるわよ」と付け加える。

「え？　そうなんですか？」

「藍沢さんが顔を見せてくれたら、ハルも喜ぶわ」

けれど、ガラスに囲まれた部屋のベッドでぐったりしているハルに会いに行ってもいいのだろうか。

どうしよう……。どうしよう……。

先生は笑っていたが、時間が経つにつれ、会いたいと思う気持ちより、ハルの病状が心配で、不安がつのっていく。

授業中、ふつふつと湧き上がってくる、いてもたってもいられないような気持ちを、放課後まで必死で押さえつけた。

放課後になり、初めて本を持たずに病院へ行って、ナースステーションで無菌室の場所を聞いた。

「四階ですよ。集中治療室の手前です」

いつもと違うフロアというだけでいっそう不安になりながら、エレベーターを降りた時、ペタペタと緊張感のない足音が聞こえてきた。

コーナーを曲がってこっちへ歩いてくる見覚えのある姿……。

「よっ」

大判のマスクをしたハルが私を見つけ、目だけでニコリと笑う。

「ハ、ハル？　無菌室じゃなかったの？」

「さっき、追いだされた。もう大丈夫そうだから、重病の人に譲れって言われて」

「え？　もう？」

「なに、俺、もっと無菌室にいたほうがよかった感じ？」

冗談ぽく聞き返され、ブルブルと首を振る。

「ホントに、もう出てこれたんだ……」

拍子抜けして膝が砕けた。

「え？　つむ？」

廊下に座り込んでしまいそうになるのを、ハルに支えられる。その筋肉質な力強い腕を背中に感じ、心から安心した。

「だ、大丈夫か？」

情けないことに、無菌室から出てきたばかりのハルに心配されてしまった。

「よ、よかったぁ……。当分、話とかできないのかと思った」

「話とかはできるけど、マスクはしてなきゃいけないから、しばらくキスとかはできない」

マスクの向こうから残念そうな声が聞こえた。その目元には大人の色香が漂っているように見える。

一瞬見惚れてしまったせいか、彼の声が少し遅れて脳に響き、意味を理解した。

「え？　キス？」

「冗談だよ」

本人が冗談だと言っているのに、どんどん心音が速まっていく。

「喫茶室、いこっか」

ハルは、いつもとまったく変わらない飄々としたしゃべり方だった。

この際、たちの悪い冗談は置いといて、ハルの病状が大したことなくてよかった。

ホントによかった……。

不安でパンパンに膨れ上がっていた気持ちが一気に脱力して、涙腺まで緩んでしまった。

「う……うう……」

嗚咽を押し殺し、涙をぬぐいながら、ハルの後ろについて廊下を歩く。

「え、なんで？　なんで泣いてんの？」

エレベーターに乗った時、ようやくハルは私が泣いていることに気づいた。

「だ、だって……む、無菌室とか聞いたから……心配で……うう」

うつむいて泣き顔を隠す私の顔を、長身のハルが身をかがめるようにして下からのぞき込む。

「うぅ……？」

マスクに覆われているハルの唇が自分の唇の上に重なったのだ、とわかった。

それは薄い不織布を隔て、一瞬の出来事だった。けれど、はっきりとハルの唇の形が伝わってきた。

「キス、できちゃったな」

目の前の瞳が笑っている。
キ、キス……？　今、キスしたの？　私がハルと……？
『キス』という単語に、体中の血が沸騰して頭と顔にのぼってくるような感覚に襲われた。泣いていたことも忘れ、ボウ然とハルの顔を見上げる。

「ホント、愛いヤツ」

マスクのせいで細めた目元しか見えない。けれどマスクの下は、口角をぎゅっと持ち上げた、いつもの笑顔が容易に想像できる。

「今度はマスクなしの時、させて」

なんと答えていいかわからない。ただ、ハルの顔を見上げたまま、ウンとうなずいた。

「あはは。そんな真顔で返されたら照れるじゃん」

ハルに笑われ、真面目に返事をした自分が恥ずかしくなった。

「実はまだ検査が残ってるんだ。病室で待ってて」

言われるがままに、私は病室で彼の帰りを待っていた。

その間、何度もハルの唇の感触を思いだし、自分の血圧がマックスまで上昇するのを感じる。

さっきのキスって、どういう意味のキスなんだろう……。

そう考えた時、ふと、ハルが言った『愛いヤツ』という言葉が鼓膜によみがえった。

すべての状況を総合すると、いじらしくてかわいい存在だからキスした、ということになる……のかな……？

頭の中で勝手に作り上げた幸せな方程式に、心臓がバクバクと音を立て始める。

マスクなしとか、私の心臓、耐えられるかな……。

どこまでも広がる妄想を打ち切り、自分を落ち着かせようと、図書室で借りた幸田露伴の『寝耳鉄砲（ねみみでっぽう）』という物語を開いた。

この本のどこかに『愛い』という言葉があるはずだ。

古典的な仮名づかいのせいで途中、何度かつまずきながらも読み進めていた時、「二宮さんのところの息子さんも、あの薬のせいで膵臓の合併症が起きたんでしょ？」という声が廊下から漏れてくるのを聞いた。

『二宮』という名前に耳が勝手に反応し、声の方に目をやると、開けっ放しになっているドアの向こうで中年の女性がふたり、立ち話をしている。

「そうそう。もともと急性の白血病だったんだけどね。そっちの病状は安定してて、骨髄ドナーを待ってたのに、例の薬のせいで膵炎を併発ですって。陽輝くん、どんどん悪くなってるらしいの。もう移植もできないぐらい」

「怖いわよね、新薬って。マリサレート……だったっけ？」

一瞬で全身が凍りついた気がした。

ウソでしょ……？

頭の中が真っ白になった。

ハルは最初から膵臓の病気で入院しているものだと思い込んでいた。まさか、父の開発した薬の被害者だったなんて、思いもよらなかった。

たしかに、マリサレートの薬害には個人差があり、白血病が悪化する場合もあれば、別の病気を誘発する場合もあると聞いた。しかも、合併症は多臓器に渡る、と。

ウソだ……。

もう、膝の上の活字がまったく頭に入ってこない。

私、ここにいられない。ここにじっと座っていたら、ハルが帰ってきてしまう。

どんな顔をして彼を見ればいいのかわからなかった。気持ちがソワソワして落ち着かなくなる。

帰ろう。そう思って立ち上がった時……。

「つむ？」

マスクのせいで少しくぐもっている声がした。それだけで、びくりと肩が震えるのを抑えられなかった。

ハルの足元に落とした視線を引き上げることができないまま、「ハル、ごめん。今日、もう帰る」と早口に言って立ち上がっていた。

「え？　なんで？」

珍しく慌てているように聞こえる声に驚いて視線を上げると、ハルの目が泳いでいる。いつも自然体なのに、今はひどく動揺しているように見える。

その瞬間、ハルが勘違いしていることに気づいた。彼は、私がキスされたことで態度がおかしくなった、と思い込んでいるのだ、と。

「あ。えっと、違うの」

「違うって、なにが？」

「えっと。えっと。ハルはなにも悪くなくて……。今日はホントに用事ができちゃって……」

とにかく、一刻も早くここから逃げだすための言い訳を必死でしていた。

「じゃあ、明日も来る？」

その問いつめるように真剣な瞳の強さにたじろいだ。

こんな後ろめたい気持ちで、これまで通りハルに接するなんて私にできるだろうか。

「………」

答えられない私を見て、ハルは失望したようにため息をついた。自分の不意打ちみたいなキスのせいで、私の態度が変わったと思っているのがわかる。

「来る。来るから！」

ハルの誤解を解きたくて叫んだ。

「無理しなくていいよ」

「無理してない。来るから、信じて。ハルのキスはうれしかったってこと」

自分で言っておいて、なんてことを口走ってしまったんだ、と頬が燃え上がる。

「……わかった。その完熟トマトみたいに真っ赤な顔にウソはないと思われる」

そう冗談ぽく言って細められた目が、見惚れるぐらい綺麗で、泣きたくなった。

お父さんのことを打ち明けたら、きっともうこんな優しい瞳は私に向けられなくなる……。

「じ、じゃあ……。行くね。ごめんね」

表情が崩れそうになる顔を伏せ、急いで病室を出た。

足早に病院を後にして、ようやく駅が見えてきた時、ぎゅうっと胸が締めつけられ、涙がぽろぽろと頬を滑り落ちるのを止められなくなった。

ハルの病気を悪化させた原因、お父さんの薬だった……。こんな重大な事実を隠して、今まで通りハルとしゃべることなんてできない。

罪悪感で息が止まりそうなほど苦しい。

ちゃんと言わなきゃ。ハルを学校に来られなくしたのは、私のお父さんが作った薬だって……。けれど、打ち明けたら、きっと今の関係が壊れてしまう。言えるわけない。でも、いつか事実を知られる日が来たら……。隠していたことがわかったら、きっと軽蔑される。もっと悪い状況になる……。

気持ちは堂々めぐりを繰り返し、さんざん悩んだ。けれど、答えは最初からひとつしかないとわかっていた。

真実を打ち明けられないのなら、もう、ハルに会ってはいけない。

それなのに、マスク越しに触れた彼の唇の柔らかさを何度も思いだしている。

薄暗い坂道を駅へと急ぎながら、熱を帯びる唇に指先を触れた。

ハルに会いたい。今すぐ彼の病室に引き返し、彼の足元にひれ伏して父の代わりに許しを請いたい。けど、もし許してもらえなかったら……永久に会えなくなる……。

結局、病院へ引き返すことはできず、いつものようにゆるゆる走る電車に乗って、ぼんやりと暗い窓に映る自分の顔を見つめた。

病院からの帰り、この窓に映る私の口元にはいつも笑みが浮かんでいた。けれど、今日は今にも泣きだしそうな顔をしている。

ハル……。ハル……。

心の中で何度も呼びかけた。

また、ぼろりと涙が頬を滑り落ちる。他の乗客にジロジロ見られても嗚咽(おえつ)を止めることができない。

それでも私、明日もハルに会いたい。会いたいよ……。

許されないことだと思えば思うほど、会いたいという願いは強くなった。

結局、自分の父親がハルを苦しめている新薬の開発者であることを打ち明けられないまま、二週間が経った。かといって、ハルに会わないという決断もできず、次の日からもずるずると病院へ通った。

こんなことしてたら、私、いつか罰を受けるよね……。

無菌室から出されたハルは、それ以来ずっとマスクをしている。新しい投薬治療のために免疫力が低下気味なのだそうだ。

その痛々しい姿を見ると、父のことを隠しているのが心苦しい。

ホントのことを知ったら、ハルは私をどう思うだろう。

事あるごとに、父のことを打ち明けようかどうしようか迷った。けれど、ハルに嫌われ、会えなくなることが怖くて、私は真実を伝えることができなかった。

そして迎えた、一学期の最終日。終業式の後で訪れたハルの病室に先客があった。

「陽輝ぃ、さすがイケメンはマスクも似合うなー」

「よっ、マスク王子！」

どちらも男子の声だが、いつも病室にいるメンバーの声とは違う気がした。

「ねーねー、二宮くん。この本、古書店でめちゃくちゃ探したんだよ。初版本だよ？」

今度は弾むような元気な女子の声がする。

「二宮くん、こっちも見てよ。先月、読書クラブで江戸川乱歩の小説の舞台をめぐった時の写真。『黄金仮面』の舞台になった大船観音でしょ、それから、『盲獣』の由比ヶ浜でしょ……」

今度は別の女の子の声がミステリー小説の話を始める。

私以外にハルと本の話をする女の子が何人もいるの？

読書だけでハルとつながっている自分の存在価値が一気に薄れた気がした。

「けど、乱歩って、けっこうエロい作品、あるよな」

「ちょっとリュウジ、やめてよー。セクハラー」

廊下にまで賑やかな笑い声が聞こえてくる。

そっと病室をのぞくと、私と同じ制服を着た女子が五人、男子がふたり、ハルのベッドの周りに集まって、本や写真を見せ合っている。ベストのロゴの色からして、三年生だ。

「そういえば、季節外れの教育実習の先生、来てたよ？　変な東京弁でしゃべる人」

三つ編みにした女の子がニコニコしながら学校の様子を報告する。

「ああ、知ってる。日曜日に見舞いに来てくれたから。実習が終わるまでにまた来るって言ってたけど。たしかにイントネーション、変だったな」

ベッドの上のハルは腕組みをし、うんうんとうなずいている。

ポニーテールの三年生が「へえ、また来るって、マメな先生だね」と感心したように笑う。

すると、ハルはなにかを思いだしたように、「ふふふ」と含み笑いをした。

「なんか、カノジョにフラれたとかで落ち込んでたから、今度来たら、恋のすばらしさを語ってあげようと思って」

「それ、立場が逆じゃん！」

いつものメンバーなら普通に話しかけることができるのに、けらけら笑っている生徒たちの制服を見ただけで、条件反射みたいに憂鬱な気分になった。

三年生である彼らとはこれといって接点はない。きっと私の存在なんて知らないだろう。それなのに、同じ高校の生徒というだけで、ひるんでしまい、あの輪の中に入っていけない。

疎外感にさいなまれている私の鼓膜に、ハルの楽しげな笑い声が届く。

「へえ、大仏も行ったんだ。幼稚園の遠足みたいだな」

そこには、同級生たちに囲まれている、私の知らないハルの顔があった。

本当なら、ハルはあの先輩たちと同じ、三年生なんだよね……。もし、お父さんがあの薬を作らなければ。

不意に、また罪悪感に襲われた。

「うわ、すごい綺麗だな、この写真。俺も早く復帰してー、読書クラブ！」

見たことがないほど生き生きと輝いているハルの顔を、ずっと見ていたかった。けれど、後ろめたさに負けた。

お客さんとの話が終わるまで、喫茶室で時間をつぶしてこよう。

そう思って、病室の入り口を離れかけた時……。

「あ。つむ。こっち、こいよ。北クラの読書クラブのメンバー、紹介するから」

ハルに見つかり、呼び止められた。

学校にいる時のように、半分、幽体になりかけていた私は、ドキリと飛び上がりそうになる。

「え？　でも……」

「彼女、四月に東京から転校してきた二年生なんだけど、母さんと友達で、いつも病室に本を届けてくれてるんだ」

遠慮する私をハルが手招きし、そう紹介してくれた。

『お母さんの友達』で『本を届けてくれる子』。そう言われてしまうと、本当にそれだけの関係に思え、ひどく寂しい気持ちになる。

「へえ。かわいいじゃん」

上級生の女子のひとりが、親戚の赤ちゃんでも褒めるようにさらりと言った。

その後、それぞれが笑顔で自己紹介してくれる。優しくて賢そうなメンバーだ。

だけど話題はすぐに部活のことや三年生のクラスのことに戻り、私は蚊帳の外になった。

「あ、そうそう。物理の杉村先生、辞めるんだって。公立、行くらしいよ」

「えー、マジで？　南通りの本屋で時々会ってたのに」

私の知らない先生の話や、行ったことのない商店街の話が続く。

違う学校の生徒になったようなさびしさを感じながら、それでも笑顔を作って彼らの話を聞いていた。

一番嫌だったのは、女の子たちがハルと一緒にスマホで写真を撮った時だった。

「クラスの子に見せて自慢しちゃお」

彼女たちは交替でハルの横に座ってピースサイン。恋人同士のように腕を組んだり、頬を寄せたり。なんの抵抗もなさそうな様子で、彼女たちのなすがままにされているハルに失望する。

今日はもう帰ろうかな、と思った時だった。

「君が、陽輝の〝愛いヤツ〟なんだろ？」

トイレに行って戻ってきた部長代理のリュウジくんという男子生徒に、いきなり質問された。

「え？」

一瞬、リュウジくんの言ったことがわからなくて聞き返すと、珍しくうろたえた様子のハルが「ばっ、バカ！　リュウジ！　黙れ！」と頬を上気させながら、リュウジくんの軽口を止めようとする。

「やっぱり」

リュウジくんはハルの反応を見て確信を得たようにうなずいて、さらにマジマジと私の顔を見た。

「え？　なに？　ウイ？　なに、それ？」

女の子たちは意味がわからない様子で聞き返している。

それを聞いて、私はやっとリュウジくんの言った言葉がわかった。

自己紹介の時、リュウジくんは『陽輝とは家も近所で、幼なじみなんだ』と言った。

ハルは心やすい彼に、私のことをなんと説明したのだろう。『愛いヤツ』という言葉を知っているということは……。まさかマスク越しにキスしたことも知ってる!?

ハルのピンク色になった頬を見て、私は耳まで熱くなった。

「じゃ、陽輝のカノジョも退屈そうだし、そろそろ帰るか」

リュウジくんがさらりと言い、女の子たちが「えーっ？　この二年生が、二宮くんのカノジョなの？」と悲鳴のような声を上げる。

「ま、愛いヤツって思ってるってことは、そういうことなんじゃないのお？」

再び幼なじみに冷やかされ、ハルはますます焦った様子でベッドを降り、リュウジくんの首に腕を回してヘッドロックしながら、「リュウジくぅん、口の軽い子はこうやってオシオキだよ？」と笑いながら攻撃する。

「ギ、ギブ……」

顔を真っ赤にして、『参った！』というようにハルの腕をたたくリュウジくん。

それを見て、全員が爆笑した。

「じゃあ、これ。アルバムと課外活動のしおり、置いてくね」

ようやく私が自然に笑えるようになった頃、みんなが帰り支度を始めた。

「つむ、まだいいだろ？　後でちょっと話、あるから」

彼らと一緒に帰ろうとした私を、ハルが引き止める。

「あ、うん」

すかさずリュウジくんが、「だよなー。ジャマ者が去った後で、ふたりっきりでイチャイチャしたいよな」と冷かし、またハルにプロレス技でオシオキされていた。

だけど、私はなんとなく胸騒ぎがしていた。

みんなを見送りに玄関まで来たハルが、私の頭の上で手をポンポンと軽く弾ませながら口を開いた。

「あー、えっと。コイツさあ、そのうち読書クラブに入ると思うから、よろしくな」

「え？」

そんな急展開、聞いてないし、言ってない。

けれど、その時はハルの立場を考え、なんとなく話を合わせ、笑っておいた。

「もちろん！　大歓迎だよ」

そう言って私を受け入れようとしてくれる上級生。

彼らの身内や友達に、マリサレートの被害者がいないことを祈った。

みんなを見送った後、病室に戻るエレベーターの中で、「つむ。放課後、病院ばっかじゃダメだろ。青春できねーじゃん」と、ハルが言った。

私のためを思って言ってくれていることはわかる。けれど、口では『来てくれてうれしい』と言っているのに、そんなふうに自分の気持ちをコントロールできるハルが悲しい。

それほど必要とされていないような気がしてしまうのだ。私にはそんな余裕、どこにもないから。

「なんでそんなこと言うの？　私、部活なんてしないよ。ホントは日曜日だってここに来たい。けど、ハルが疲れるといけないと思って遠慮してるんだよ？　私は毎日だって、ハルと一緒にいた――」

言い終わらないうちに、ハルの顔が近づいてきて、マスク越しのキスで言葉を封じられた。

反射的に閉じた目をゆっくり開けると、目の前には困ったような笑みを漂わせる目元。

それを見て、私が毎日来ることが迷惑なのかな、と思った。

……もしかして私、ウザい存在になってる？

二度目のキスは、ひどく切なかった。

第二章　君とウソと海の底

夏休みに入ってからは、午前中に市民図書館で本を借り、午後はずっと病院に入りびたりだった。

そんな八月の終わり頃、父が鎌倉を訪れた。およそ半年ぶりの再会だった。

「紬葵、元気そうだな」

ダイニングテーブルに肘を置いている父が、私を見て目尻を下げる。

リコちゃんの従妹の死をきっかけにクラスで居場所を失った時は、父のことをうらんだりした。ハルの病気が父の薬のせいで悪化したことを知り、絶望な気持ちにもなった。

けれど、こうして父本人を目の前にすると、やっぱり嫌悪することなどできなかった。ただ、心から信じているかと問われると、正直、わからない。

「うん……。お父さんも元気そうだね」

やっとの思いでそれだけ言って、冷蔵庫を開ける。なにも欲しいものはないのに。

母が父のために買ってきたらしい麩まんじゅうを小皿に移しながら、「それで……。会社のほうは大丈夫なの？」と不安そうに尋ねた。

「会社は対応に追われてる。だが、副作用の原因がだんだんわかってきたよ」

切り子グラスの湯呑み(ゆの)に注がれた麦茶を飲みながら、父が仕事の話を始めた。

薬害の原因が解明されつつあると聞いて、私は自分の胸にかすかな希望の光が灯(とも)ったような気がした。

「お父さん！　じゃあ、その原因が突き止められたら、合併症も治るのっ？」

私は思わずテーブルに身を乗りだした。もしかしたら、ハルの病気も飛躍的に治る手立てが見つかるのではないかと思って。

「それは……」

父の顔が急に曇(くも)った。

「これからの使用に注意を促すことができるというだけで、併発したそれぞれの病気は、従来の方法で手当てするしかない」

薬の副作用を回避する方法が見つかっても、ハルの病気は治らない……。

「そう……なんだ……」

また目の前が暗くなった。

その日の夕方、今日のうちに東京へ戻るという父と一緒に、鵠沼の海岸まで足を伸ばした。

以前のように笑えない私の靴の底で、湿った砂がきしむ。

「お。タカラ貝だ」

不意にしゃがんだ父が、波打ち際で拾った小さな貝殻を私に差しだした。

「私、もう貝殻は集めてないよ」

小さい頃、海水浴に行くと必ず父が美しい貝殻を拾ってくれた。オレンジ色のツノガイ、真っ白なユメハマグリ。当時、それらは私の宝物だったけれど、今はもうどこにあるのかさえわからない……。

「そりゃそうだな」と笑った父は貝殻を軽く放り、波の中に返した。

それっきり黙って、ふたり並んで歩く。

「紬葵。新しい学校、どうだ？」

しばらくの沈黙の後、父が私に尋ねた。

「う、うん……。普通……。東京とあんま変わらない」

「そうか」

父を心配させたくなくて、ついたウソだった。心配してもらったところで、私の学校生活が変わるとは思えないし、アドバイスをされるのも不毛な時間に思えた。

「ごめんな。せっかく向こうに友達もいたのに」

父の声が沈むのを聞いて、ウソが通じなかったのかもしれない、と思った。

潮風で乱れた髪を耳にかけながら、私は軽く笑った。

「お父さん、心配しなくてもいいよ。私、大丈夫から」

突き放すような言い方になった。けれど、父は私の本心に気づかない様子で、「そうか」と小さくうなずいた。

本当は、みぞおちの辺りに滞るようなこの苦しさをぶつけたかった。ハルの体を蝕み、リコちゃんの従妹の命を奪った薬への怒り。それを作った父への憤り。

『どうしてあんな薬を作ったの？』と叫びながら、父の胸をたたきたかった。

だけど父を責めたところで、なにも解決しない。後で自己嫌悪にさいなまれるだけだということもわかっている。新薬を開発することが父の仕事であり、発売当時には危険性がわからなかったのだ、ということを知っているから。

「薬は絶対、正当に評価されるから。もう少しだけこっちで辛抱してくれ」

しばらくして足を止めた父が、夕日に染まる西の空を見ながら力強い口調で言った。

この先、あの薬の安全性が証明されたら、父は私にとってまた、みんなに自慢できる父親に戻るのだろうか。きっと父の薬によって多くの命が救われるのだろう。けれど、失われた命は戻ってこないし、ハルの病気が治ることもない。

そう思うと、複雑な気持ちだった。

「また来るよ」

駅舎の前で別れ、線路沿いのフェンス越しに、父が乗った電車を見送った。

その後もしばらくそこに立って、線路の脇に生える夏草をぼんやりと見つめていた。

やっぱりこれ以上、お父さんのことを隠しておくなんてできない。

駅に明かりが灯る頃、ようやく私は決心した。ハルに私の父のことを打ち明けよう、と。

私がハルを苦しめている薬の開発者の娘だと知ったら、彼はショックを受けるかもしれない。だけどこれ以上、罪悪感を抱えたままハルに接していくなんて無理だ。

それに、父は一生懸命、病気の人を治すための薬を作ってきた。……隠すなんて変だよ。

私はそのまま、ホームへ入ってきた電車に飛び乗り、病院へと向かった。

「面会時間に間に合うかな……」

時計を見ると八時。あと一時間しかない。けれど、今すぐ真実を伝えたい。

それはハルのためではなく、自分の中の後ろめたさを軽くするためだったかもしれない。

この時の私の中には、この秘密を打ち明け、隠し事がなくなったら、私たちの距離がもっと近づくんじゃないかという思いもあったような気がする。

息を切らして病院に駆け込んだのは、面会時間が終わる十五分前だった。

急いでエレベーターに乗り、彼の病室へ向かった。

「ハル！」

病室に入ると同時に呼んだが、ベッドに姿がない。

「あれ？」

ベッドの枕元に、読みかけの本が開いたまま置き去りにされている。

他のベッドはもう、天井のレールから吊るされたカーテンで覆われ、それぞれイヤホンでテレビを見たり、本を読んだりして、就寝前のひと時をくつろいで過ごしているようだ。

私はハルの姿を求め、病室を出て喫茶室へ向かった。

しかしそこも既に営業を終え、照明が落とされている。自動販売機の明かりだけが、フロアの一角をぼんやりと照らしていた。

いない……。

あきらめて帰ろうとした時、ふと、真っ暗な喫茶室の隅にだれかが座っているのに気づく。ドキリとして足が止まった。

……ハル？

すぐに彼だとわからなかったのは、別人のように背中を丸め、うつむいた顔を両手で覆っていたからだ。

やがて、彼の背中が小刻みに震え始めるのがわかった。声を押し殺して泣いている。

なにかあったの？

悪い予感がして思わず駆け寄ろうとした肩を、だれかの手でくいっと引き止められた。

「二宮先生……」

振り返った所に、力なくほほえむ顔があった。

二宮先生は、『ハルに話しかけないで』と言うみたいに黙ってかぶりを振り、私を導くように先に立って喫茶室の前を離れた。

私も黙って先生の背中に従い、エレベーターホールへ向かう。

怖くて自分からはなにも聞けないまま、先生と一緒にエレベーターで一階のロビーに降りた。

「なにか飲まない？」

明かりをしぼっている薄暗い待合室の隅の自動販売機で、先生が缶ジュースを買ってくれた。

「ハル、日曜日の夜は、時々あんな感じになるの」

だれもいない消灯後のベンチに腰を下ろし、ぼんやりとした視線を前方に置いたまま先生が口を開く。

私は冷たいオレンジジュースの缶を両手で持ち、今すぐハルのそばへ行って寄り添いたい気持ちを押さえつけ、じっと先生の声に耳を澄ましていた。

「けど、私にも弱いトコ見せたがらないし。お見舞いの途切れる日曜の夜ぐらいは、そっとしとこうと思って」

「そう……なん……ですか……」

笑顔しか見たことがなかったハルの、打ちひしがれた姿。あまりのギャップに言葉がない。

「先週の水曜日まで試してた薬も、結局ダメだってわかったから。精神的にきつかったんじゃないかな」

そんなことがあったなんて、まったく気づかなかった。弱いところを見せるどころか、ハルは私の放課後が充実していないことを心配していた。

「先生、ハルは……。もし他に効く薬が見つからなかったら、どうなるんですか？」

思わず聞いてしまった後で、自分の配慮のなさを後悔した。けれど、ハルが置かれている状況を聞かずにはいられなかった。

するとと先生は、それまでとは違うお医者さんらしい顔になって、きっぱりと言った。

「一年……もたないかも」

「ウソ……」

自分の上に、ずっしりと重く、強烈に冷たいなにかがのしかかってきたような気がした。

「そんな顔しないで。あの子も私もあきらめてないんだから」

その言葉通り、先生の横顔には微塵の絶望感も漂っていない。

「ハルも、明日の朝には笑ってるはずよ」

さばさばと断言する先生の声を聞いて、ハルが教えてくれた『すべてのことは、願うことから始まる』という言葉を思いだした。どんなに絶望的な状況にあっても、彼はあしたが来ることを願って、毎日『リンゴの木を植える』ように生きているのだ。

ハルは決して希望を捨ててはいない。

それでも、怖くてつらいのはどうしようもない。だれもいない暗闇にたたずんで、心身の苦痛を涙にして吐きださずにはいられないほどに。

だれにも弱いところを見せることができず、闇の中で震えていた背中を思いだし、胸がつぶれそうになった。

「あの子、最近、よく藍沢さんの話をするのよ?」

重い空気を変えるように先生が口を開く。

「私の話、ですか?」

彼が私のことをどんなふうに言っているのか、知りたいような怖いような微妙な気分だった。

「めちゃくちゃかわいい〝不思議ちゃん〟で、おもしろいんだって」

その瞬間、込み上げていた涙がピタッと止まった。

「ふ、不思議ちゃん？　私が？」

自分は平凡（へいぼん）で退屈な、普通の女子だという自信があった。

「不思議ちゃんでおもしろい……」

もう一度、自分に割り当てられた形容詞を反芻（はんすう）し、かみしめてみる。やっぱりピンとこない。

「甘えん坊で頼りなくて、こっちが心配される側のはずなのに、逆に心配させる。あんな子は初めてだって。そうやって口では文句を言いながら、愛おしそうな顔して笑ってるの」

私の話をする時のハルを思いだすように、二宮先生が目を細める。

甘えん坊で頼りない……。

その言葉を心の中でつぶやいてみる。

たしかに、私は小さい頃から依存心が強くてわがままだ。今も、もっとハルに会いたい、もっとハルとの距離を縮めたいという一心で動いている。こうして、重い病気で苦しんでいるハルにも全身全霊で寄りかかり、自分の気持ちばかりを押しつけてきたような気がする。

そんな自分が恥ずかしくて逃げだしたい気持ちだった。

けれど、先生は「ありがとうね」と強い口調で言って、私の手を握ってくれた。

「あなたをしっかり支えなきゃって気持ちが、あの子を強くしてるの」

「先生……それって、変ですよね……。ホントは健康な私がハルを支えなきゃいけないのに」

そう答えながらも、まっすぐに私の目を見てほほえむ先生を直視できなかった。

父のことを隠しているのがつらくて、胸が苦しい。

お父さんのこと、言わなきゃ……。

「先生……」

口を開いたけれど、言葉が出ない。先生が私に対して寛大であればあるほど、私の中の罪悪感が膨らんでいく。

「先生……。私……」

声が震えて途切れる。それでも必死で言葉をつないだ。

「私……知らなかったんです。ハルが……、ハルが白血病の治療薬のせいで膵臓の病気を併発してしまったこと……」

二宮先生の私を見る目が変わってしまうことを恐れながらも、もう隠すことなどできなかった。

「私の……、私のお父さんは……」

打ち明けようとした私の唇の前に、白い人差し指がスッと立ちはだかった。

「言わなくていいから」

「え？」

「私もハルには言わない。言ったって、お互いに傷つくだけでしょ」

それを聞いて、二宮先生が薬の開発者が私の父だと知っているのだとわかった。

「ハルに打ち明けるんなら、あの子の病気が治ってからにして」

それを聞いて、ホッとするどころか、一気に背中が冷たくなる思いだった。先生は、黙ってハルや先生に接している私を、どんな気持ちで見ていたんだろうか、と。

「先生。いったい、いつから知って……」

「あなたが提出した、前の学校の健康診断書のコピーを見た時よ。まだ、前の苗字(みょうじ)のままだったでしょ？　改めて学籍データを見たわ。お父さんの勤務先も」

「そう……なん……ですか……」

喉がカラカラになっていた。

あれはたしか、私が初めて先生の代わりに病院へ本を届けた頃だった。

そういえば、私が自分からハルの病室にこっそり本を届けたいと申し出た時、いつもははっきりと〝イエス〟か〝ノー〟を答える先生が、ひどくとまどっているように見えた。

「先生をだますつもりはなかったんです。けど、言えなかった……。どうしても、言えなかった……」

ぶわっと涙が込み上げてくる顔を伏せ、首を振った。

すると、先生は怒るどころか私の背中を優しくなでてくれた。

「私、被害者側のボランティアもやっててね。今、告訴の準備をしてるのよ。だからあなたのお父さんとあなたの前の住所が同じこともわかったの」

それを聞いて、さらに奈落の底へ突き落されたような気分になる。

お父さん、被害者の人たちに告訴されるんだ……。

ついさっき、ゆっくりとホームを離れる電車の窓越しに見た父の笑顔を思いだしていた。

「今はお互い、こんな立場になってしまったけど……。私も臨床やってたから、大学時代にあなたのお父さんのセミナーを聞きに行ったことがあるの。あなたのお父さん、本当に研究熱心な、立派な方よ。だからこそ、事実を知りたくて裁判に協力してるの」

その言葉から、先生の公平さと優しさとが伝わってくる。

「先生……私……」

それ以上なにも言えず、涙があふれて止まらない私を、先生が抱き寄せ、そっと両腕で包んでくれた。

「つらかったでしょ、黙ってるの」

その言葉でさらに気持ちをほどかれ、先生にしがみついて号泣してしまった。

「大丈夫よ」と先生に頭をなでられながら、ようやく気づく。泣きたいほどつらいのは先生やハルのほうなのに、と。

しっかりしなきゃ。私がハルを支えなきゃ。

こんなふうだから『不思議ちゃん』と呼ばれるんだ、と自分の言動を反省し、やっと涙が止まった。

「先生。私、ハルを支えたい……！」

「罪滅ぼしのつもりなら、やめてやってね。ハルのプライドが傷つくから」

先生がきっぱりと拒否した。

「違います。私、ハルのこと……」

告白しかけて、躊躇した。本人の母親になにを打ち明けてるんだろう、と。でも、ここまで言いかけてしまっては、もうハルへの想いを暴露したも同然だった。

「だと思ってた」

先生は気持ちを切り替えるよう笑い、「さて」と立ち上がった。

「私、車だから、家まで送るわ」

「いいえ。私、ひとりで帰れます。先生は少しでも長くハルのそばにいてあげてください」

逃げるように病院を出ると、真っ暗な湿気を含んだ空気にユリの花の香りが混ざっていた。

ハルの涙を見てしまった次の日の月曜日は、朝から煙（けむ）るような細かい雨が降ってい
た。

「よっ」

二宮先生の予言通り、本を届けに来た私を見て、ハルはいつものように笑っている。

でも、その微笑が今日は痛々しく見えた。

かげりそうになる顔になんとか笑みを浮かべ、私も「よっ」とおどけて彼のマネで
返す。

「はは。喫茶、行く？」

「うん」

ハルに誘われていった喫茶室が珍しく混雑していたので、仕方なく病室に戻った。

「うわ。俺のパイプイス、持ってかれてる」

大抵、壁際のエアコンに立てかけられている見舞客用のイスがない。どうやら入り
口近くのベッドに群がる団体の見舞い客に持っていかれたらしい。

「いつものことじゃん」

イスは病院の備品なので、必要に応じて病室内で取ったり取られたりだ。

「仕方ない。ここ、座る？」

「う、うん……」

緊張を隠し、なるべく平気な顔をして、初めてハルのベッドに腰を下ろした。そのまま並んでベッドに座り、本を読む。

すぐに本の世界に没頭し、この文庫本一冊分ほどの距離にも慣れた。

「やっぱ、夏目漱石の文章って、何回読んでも半端ねぇ」

しばらくして、開いたままの単行本を自分の胸に押し当てたハルが、感動したように天井を仰いだ。

「え？　どの文章？」

「ほら、この辺り」

ハルが身を寄せてきて、私も彼が開いている本をのぞき込む。私の制服とは違う柔軟剤の香りがして、ちょっとドキドキした。

「ああ。そこの心理描写？」

「じゃなくて、家の中の風景描写。文章から畳の匂いまで漂ってくるような気がする」

「そ、そうなんだ……」

それっきり会話が途切れ、お互い別々の本に視線を戻す。

学校には友達がおらず、放課後は病院通い。家族の話にも触れにくい。そんな私は話題に乏しい。唯一、ハルと共通の話題は読書なのだが、読解力に差がありすぎて、私の稚拙な感想を披露するのは勇気がいる。

なにか盛り上がるような話題ってないかな……。

ここに来ると、いつもおもしろい話を探している。こんなふうに距離が近い時はなおさらだ。

その時、ハルがふと「あ。そういえば。去年、『長谷寺』にアジサイを見に行ったんだ」と、話を始めた。彼が本を読んでいる途中で急になにか思いだすのは、いつものことだ。

それなのに、今日に限って不自然に明るく振る舞っているように思える。絶望感に襲われ、震える彼の背中を見てしまったせいだろう。

「また、行きたいな、長谷寺」

懐かしそうにつぶやくハル。

私はなんと言っていいかわからず、黙っていた。本当はだれと一緒に行ったのかが気になっていたのだけど……。

私は「ふうん」と言ったきり、質問も感想も言うことができなかった。やはり、日曜の夜に今まで知らなかったハルの一面を目撃してしまったことが私の心を揺らしていた。

私が知らなかったハルの心の奥……。そこに私の知らない他の女の子がいたとしても不思議はない。

その後、あまりにも長く続いてしまった沈黙。

なんの話をしたらいいか迷いながらも、今度は私から「そういえば、昨日、お父さんに会ったんだ」と切りだした。二宮先生から『ハルには言わなくていい』と言ってもらえたことで、家族の話を持ちだすことへの罪悪感と警戒心が少し薄くなっていたのかもしれない。

本の上に視線を落としたまま、世間話のようなノリで話したのだが、ハルが「え？」と私の方を向く気配を感じた。意外なほどすばやい反応だった。

「お父さんって、ずっと会ってないって言ってなかったっけ？」

たしかにそういうことにしていた。ハルはドラマチックな親子の再会シーンを思い描いて、この話に食いついたのかもしれない。

今まで封印してきた父の話。やっぱり続ける勇気がなくなって、視線を下げたまま次の話題を探す。

「何年ぶり、とか、そんな感じ？」

その話題は引っ込めようと思っていたのに、ハルが踏み込んでくる。

「え？　あ。うん……。めちゃくちゃ久しぶりに会ったたって感じ……。東京に住んでるんだけど、仕事でこっちへ来たって」

ウソをついてしまった。

「それで？　涙とか、出た？」

「あ、えっと……。うん。そうだね。けど、短い時間だったたし。久しぶりに一緒にご飯食べて、海岸歩いて……それだけ」

やっぱりこの話題は危険だ。そう思って打ち切る方向へ話を運ぼうとした。それなのに……。

「久しぶりに会う父と娘って、どんな会話すんの？」

ハルがさらに尋ねてくる。

「んっと……昔、拾った貝殻の話とか……。私が小さい頃は、よくお父さんが珍しい貝殻を拾ってくれて……」

あたりさわりのない話だけして、うやむやにしようと思っていた。

「ふうん。お父さんに会って、やっぱり東京に帰って、また家族三人で暮らしたいとか思った？」

「う、うん……。そだね……」

軽い口調で聞かれ、私も場をつなぐために、なにげなく答えた。

「そっか」

再び沈黙が訪れる。そして、ようやく活字の世界に入り込めた頃……。

「つむ……。家族三人一緒に住めるようになったら、俺がいなくなっても寂しくない？」

突然、そんなことをハルが聞いてきた。それは別人のように冷たい口調だった。

「え？」

夕べ、ハルの病状を聞いたばかりだったので、その質問にドキンと左胸が音を立てた。

「い、いなくなるって？　どういうこと？」

ハルの質問に答えるより先に、恐る恐る言葉の真意を聞いていた。

思わず見上げた彼の瞳は、氷のように表情がない。

「たとえば、俺がアメリカの病院に転院するとか」

「え？」

思いもよらない話だった。

「あっちのほう、日本より医療が進んでる分野もあって……」

「……！」

あまりのショックに声も出ない。

ハルがアメリカへ行ってしまう……。ハルがこの街からいなくなる……。ハルに会えなくなる……。

強烈な寂しさに襲われた。けれど、彼の病状を考えれば、私がわがままを言って引き止められるような立場じゃない。

「う……」

泣いてはいけない。泣いたら、ハルが困る。

わかっているのに、目から涙が、口からは嗚咽が漏れる。

「ご、ごめん！　冗談だから！」

ハルが慌てたような口調で撤回する。

「ふぇ？」

「俺がアメリカで治療することになるなんて可能性、百万分の一ぐらいだから」

冗談だと言われても、急に涙を止めることなんてできなかった。

「悪かったよ。つむが東京に帰りたいなんて言うから、ちょっと脅かしてみたくなっただけ」

この病院からさえ出ていけないハルの、本当に小さな意地悪だったんだ、とわかった。

「だから、泣くなって」

「ハルが……ハルが勝手に……そういう方向へ持ってたんだよ。う……うぅ……」

今度はホッとして涙があふれた。

「ごめん……」

ハルにしては珍しい神妙な声だ。

「ううん、私こそ、ごめん……。私、お父さんなんかいなくたって平気だから。ハルがいてくれたら、それでいいから」

「そんなこと、言うなよ」

ハルが困惑するように私をたしなめる。

ハル……。私のお父さんがハルの病気を重くする原因を作った人間だと知っても、そんなふうに言ってくれる？

さっきまで絹糸のように静かに降っていた雨が、いつの間にか強さを増して窓ガラスをたたいている。

「けど……」

隣に座ってうつむいていたハルが顔を上げる気配がした。

「けど、もうあんまり一緒にいないほうがいいかもしれない」

「なんで？」

すがりつくように聞いた。

「このままそばにいたら、俺、つむのこと、壊してしまうかもしれないから」

静かだけれど、刃物のような鋭さを秘めている声に聞こえた。

「壊す？」

私の知っているハルからは想像もつかなかった暴力的な言葉だ。

「今の俺には自由がないから。つむからも自由を奪いたくなるかもしれない。さっきみたいに、どこへでも行ける自由なつむがねたましくなって、いじめたり、泣かせたりしたくなるかもしれない。振り回して、俺のことしか見えなくして、つむのこと、壊してでも全部、自分のものにしたくなるかもしれない……」

訥々としたしゃべり方の中に、激しい嫉妬が押さえつけられているのを感じて、反射的に彼を見た。

思わず見上げたハルの顔は、マスクのせいで目しか見えない。それでも、なにか強い意思のようなものが伝わってくる。

「俺だって、一応、男の子だから」

「ハル……」

「なーんて」

その時にはもう、目元にいつもの笑みを漂わせていたけれど、少しだけハルを怖いと思った。ただ、その恐れの中には、大人の男性への甘い憧れのようなものも含まれていた気がする。

ハルに壊されて、ハルだけのものになる……。

　別人のように大人びて見えるハルの目を直視できなくなって、私はまつげを伏せた。

知らず知らず制服のスカートをぎゅっと握りしめて、「いいよ……」と、答えていた。

「私なんか……。全部、ハルにあげるよ」

　それでずっとそばにいられるんなら、彼のものになりたい、と願った。

「冗談だって」

　私の切実な想いをハルが笑い飛ばした。

「バカだな、つむは」

　そう言って、体を傾けたハルの顔が近づいてくる。

　マスク越しに、三度目のキスをした。

「俺はつむを自分のものにしたりしないよ。それで万一、いや、百万が一、アメリカとか行くことになったら、オニだろ」

　そう言って、ハルがベッドから腰を上げる。そして「玄関まで送るわ」と、遠回しに帰るよう促した。

　その態度は、こんな話をしてしまった自分を悔やんでいるように見えた。

九月に入り、学校が始まったせいで、またハルと一緒に過ごす時間が短くなった。

そして待ちに待った土曜日、ハルの病室には、いつにも増して多くの男の子たちが集まっていた。メールアドレスの交換をしたり、電話番号を書いて渡したりしている。

その様子を不思議に思って見ていると、ハルが私の姿に気づき、「実は仮退院できることになったんだ」と極上の笑みを浮かべた。

「ホントに!?」

「まだ仮釈放だから、なにかあったらすぐまた召喚されるけどさ」

ハルは主治医から、『くれぐれも無理しないように』と釘をさされたと言っているが、その顔はリードを外され、広い野原に駆けだすのを待つ子犬のようだ。

「よかったね」

ずっと父のことを後ろめたく思っていた私は、心から安堵した。

「学校も来週から行けそう。午前中は外来で通院するけど、午後から自由にしていいって。一週間、様子を見て、大丈夫そうなら一時退院から経過観察になるみたい」

「そうなんだあ」

彼が学校に行きたがっていたことを知っていた私は、うれしいと思う反面、今までみたいに、ふたりっきりになったりすることはないんだろうな、というあきらめに似た寂しさも感じていた。

けど、これでいいんだ。お父さんの会社が開発した薬のせいで悪化していた病気が治りつつあるのだから。

「つむ、毎日、本を届けてくれて、今までありがとな」

それはまるで別れの言葉のように聞こえた。

「ううん」

なんとか笑顔をキープしながら首を振る。

その間も、他の男の子たちに渡す連絡先を書き続けているハル。その綺麗な横顔が遠く感じる。

「じゃあ私、今日はこれで帰るね。月曜日に学校で会えるし」

強がって言ってみたが、やっぱり寂しい。

「あ。つむ。退院したら、一緒に長谷寺へ行こうな」

病室を出ようとした私に、ハルが声をかけてくれた。

「うん！」

それだけで、気持ちが一気に浮上（ふじょう）した。

そして、月曜日。

私が憂鬱な気分で想像していた通り、昼休みに教室に現れたハルはあっという間にクラスメイトたちに囲まれた。

彼が休学する前、まだ一年生だったクラスの女の子たちとハルは、それほど交流がなかったはずだ。けれど、これだけ目立つルックスだ。下級生として憧れていた女の子は多いだろう。

それがいきなりクラスメイトとして教室に現れたのだ。ぐっと近くなった距離に、色めきたっている。

「すごいわね」

クラス委員のリコちゃんが遠巻きに見ながら、あきれたようにつぶやいている。彼女でさえ出番がないようだ。

これまでクラスの中では幽霊のようにひっそりと過ごしていた私は、知らない転校生でも見るように、大人しく彼を見ているしかない。こんな自分を見られるのは嫌だな、と思いながら……。

昼休みには、三年生の男子や女子も現れ、ハルの机の周りはすごい人だかりだった。とても近づけない。けど、長谷寺の約束は覚えてくれてるよね？

切ない気持ちで、私はひっそりと彼を見つめた。

そしてようやく放課後になり、廊下で出会った時、ハルから声をかけてくれた。

「つむ。俺、読書クラブへ行くけど、どうする？　行ってみねえ？」

私はブルブルと首を振った。

このタイミングで入部したりしたら、明らかにハル目当てだと思われるだろう。

「私、今日は用事があるから、帰るね」

「そっか。じゃあ、また明日な」

右手を上げて、ハルが小さく笑う。

彼の登校初日、交わした会話はそれだけだった。


自宅に戻り、夕食をとった後、ハルにメールを入れてみた。

【ハル。久しぶりの学校、疲れなかった？】

宿題をしながらずっと待っていたが、返事はなかなか来なかった。

そして一時間以上経ってから、【全然平気。めちゃくちゃ楽しかった】と、弾む声が聞こえそうなメールが届いた。

【よかった。きっと疲れてると思うから、ゆっくり寝てね】

すぐに返信したけれど、返信はやはり一時間ほど経ってから。しかも、【おう。んじゃ、明日、学校で】というそっけないものだった。

まだ病院にいる友達やクラスメイトたちからもメールが殺到していて、さばききれないのかもしれない。

私は、はあっとため息をついて、勉強机の上にスマホを置いた。

結局、金曜日になっても、私のほうから声をかけるような隙(すき)はなかった。

メールが来ることもあきらめて、スマホをリビングのソファに投げたままお風呂(ふろ)に入った。

この調子じゃ、長谷寺に行く約束なんて忘れてるよね……。

大きすぎるため息が、バスタブのお湯にさざ波を立てる。

自分が彼にとってどういう存在だったのか、わからなくなった。彼にとってマスク越しのキスなんて、挨拶みたいなものだったのかもしれない。

お父さん、アメリカ人だしね……。

自分を納得させるために、必死で『別に付き合っているわけじゃないから』と心の中で繰り返し、自分に言い聞かせる。

それなのに、『愛いヤツ』と言ってくれた時の、あの慈しむような瞳を思いだす。『壊してでも自分のものにしたくなる』と言ってくれた時の、強い瞳を思いだす。

それらの記憶を洗い流すような気持ちで、バスタブのお湯をすくって何度も顔を洗った。

「紬葵ー！　いつまでお風呂、入ってんのー？」

母の声が脱衣所から聞こえる。

「スマホ、鳴ってるわよー」

その声にハッとして、すぐにバスタブを出た。急いでパジャマに着替え、リビングに置きっぱなしだったスマホをつかみ、二階の部屋に駆け上がる。

メール、来てる！　ハルだ！

すぐさま、メールを開いた。

【日曜日、午後イチで長谷の駅に集合】

あいかわらず、ハルのメールは短い。

集合？　……集合って、どういうこと？　他のクラスメイトも一緒なのだろうか。

その言葉にかなりガッカリした。

憂鬱だなあ。ふだんクラスの子たちと会話もしないのに、こんな時だけはりきって参加するなんて。

しかも、メールの中の、『午後イチ』というのが午後一時のことなのかどうかもわからない。

確認したほうがいいよね……。

けれど、ふたりきりのデートではないという失望感が強すぎて、再びメールを送る気力も起こらない。今頃、クラスメイトたちから続々と参加メールが来ているのだろうと想像しながら、そっけなく【OK】とだけ返しておいた。

翌日、早めの昼食をとってから長谷駅へ向かうことにした。常識的に『午後イチ』とは午後一時のことだろうと考えて。

ところが、出がけになって、祖母の猫が足にまとわりついて離れない。

「おばあちゃーん。マイクが外に出ちゃうよー」

助けを求めてみたが、どこへ行ったのか返事もない。

仕方なく夏毛の猫を抱き上げ、なんとか居間に閉じ込めて家を出た。おかげで、乗ろうと思っていた電車に乗り遅れ、十五分以上の遅刻が確定した。

長谷駅の改札を出た所で目立つ長身を探すが、なかなか見当たらない。他の高校生らしき姿もない。

もしかして、私ひとりが出遅れて、ハルは他のみんなと先に行ってしまったのかもしれない、と不安になった。

「ウソでしょ……。普通、遅れても十五分ぐらいは待ってくれるよね」

さすがに残念な気持ちになる。たとえ何十人のクラスメイトが一緒でも、やっぱりハルと長谷寺へ行ってみたかった。

「あーあ……」

ガッカリため息をついた時、駅を出た所にしゃがんでいるハルを見つけた。

「ハル？」

周りを見渡したが、同級生らしき高校生は見当たらない。

「つむ、遅刻だよ」

珍しく不機嫌そうな顔。

「ご、ごめん。他のみんなは？　先に行っちゃったの？」

「他のみんな？」

だるそうに私を見上げたまま、ハルが不思議そうに聞き返す。

「他の子も誘ったんでしょ？」

「だれが？」

ポカンと聞き返すハル。

「だれがって……、ハルが」

「なんで？」と、ハルが目をパチパチさせている。

「だって、集合って書いてあったから……」

「ふたりでも、集合は集合だろ？」

当たり前のようにハルが言い返す。

ふたりだけの場合は『集合』じゃなくて『待ち合わせ』というべきではないのかな、と思いながらも、めちゃくちゃうれしくなった。

「ごめんね。出がけにマイクが離れなくなって」

「マイク？　外人？」

「あ、マイクっていうのは三毛猫でね。マイクってローマ字で読むとミケでしょ？」

急にテンションが上がり、ベラベラしゃべっていた。

「んじゃ、行くか」

「うん！」

ようやく立ち上がったTシャツとデニム姿の彼に、改めてハッとした。大判のマスクはいつもと同じだが、病院でのラフな部屋着とも学校で見た制服姿とも違い、すらりとした八頭身が一段と際立っている。

その姿にドキドキして、これってデートなの？と途端に意識してしまう。

「こっちだよ」

何度も来たことがあるのだろう。ハルは迷うことなく歩いていく。途中、坂道や石段を登った。

「あ、ここ、写真で見たことある」

『浅草寺』みたいに真っ赤な提灯がぶら下がる山門に着いた。普通の地味なお寺だと思っていたら、どことなくアジアンテイストの異国情緒漂う本殿(ほんでん)が見えてくる。

「思ったより派手な感じのお寺なんだね」

「そうか？」

『そんなふうに思ったこともない』といった顔。ずっと鎌倉に住んでいる人たちにとって長谷寺とはこういうお寺なのだろう。

広い境内には大きな池があり、錦鯉(にしきごい)が悠々(ゆうゆう)と泳いでいた。その周りには、ピンク色の萩(はぎ)の花や赤と白の彼岸花(ひがんばな)が咲いている。

そこからさらに階段を上がり、立派な観音様や阿弥陀(あみだ)様にお参りした。

ハルの病気が早く完治しますように。完治しても、こうしてずっと私と一緒にいてくれますように。

そう祈ってから隣を見ると、彼はまだ手を合わせ、目を閉じていた。

「なにをお祈りしたの？」

尋ねると、ハルは意味ありげに笑った。

「つむがもっとしっかりした子になりますように、って」

「ひどーい」

「もし、しっかりした子にならないのなら、俺がずっと守って支えていけますように」

その声も横顔も真剣で、思わず「え？」と聞き返していた。

今、ずっと私を守ってくれるって言ったの？

胸が震え、すぐには言葉が出ない。

するとハルは照れくさそうに笑って、「んじゃ、高台に行こ」と私の手を握り、引っぱった。

ハルと手をつないだまま、高台へ向かう。

「うわぁ……。すっごい綺麗……」

見下ろすと、鎌倉の街並みが見えた。相模湾に面している家と家の間を緑色の電車がのんびりと走っている。

「この景色をつむに見せたかったんだ。長谷寺に来たことないって言ってたから」

市街の風景を見渡しながら、ハルは満足そうな顔をしている。

「うん」

それだけしか答えられなかったけれど、本当は怖いぐらい幸せだと思っていた。ハルと手をつなぎ、ふたりっきりでこんな美しい景色を見ていることが。

「なあ、つむ。これって、デートなのかな？」

遠くに視線を置いたままのハルが真面目なトーンで尋ねる。

「は？」

彼がどう思っているかはわからなかったが、私自身はデート気分を楽しんでいた。が、改めて尋ねられるととまどう。

「俺たちって、付き合ってる感じ？」

「え？」

いきなり顔を見て質問され、なんと答えていいかわからない。

「そ、そんな質問形式で聞かれても……」

「ていうか、これからはつむのそばにいて守ってやれそうだし、この流れで付き合っちゃう？　俺たち」

その声も顔も自由を謳歌するように生き生きと弾んでいる。自分が病院にいる間は私を束縛してはいけないと思っていたのだろうか。

「そ、そうだね。こ、この流れで、つ、付き合っちゃおうか……？」

本当はうれしくて飛び上がりたい気持ちをグッと抑え、ハルと同じように質問形式で答える。

「よし。じゃ、デート、続行」

再び手を引かれ高台を下りた。

一週間、学校でハルと会話することもままならず、寂しくてギスギスしていた心が一気に柔らかくなったような気がした。

その後、駅の近くに戻り、レトロな雰囲気のカフェに入った。向かい合った窓際のテーブルには、一輪のコスモスを挿した小さなグラスが置かれている。

私は心の中で何度も『私、ハルと付き合ってるんだ』と、幸せをかみしめた。

「つむ。ごめんな」

金色のアップルタイザーが運ばれてくるまでの沈黙の後、ぽつりとハルが言った。

「え？　なにが？」

こんな幸せな状況でハルにあやまられるようなことがあっただろうか、と不思議に思いながら、目の前の綺麗な瞳を見つめる。

「学校で、あんましゃべれなくてさ」

「そんなの、全然平気」

一週間、あんなに寂しい思いをしていたのに、長谷駅で今日はふたりっきりだとわかった瞬間、全部吹き飛んだ。

「久しぶりだから、やっぱ、みんなとしゃべりたいし」

「そうだよね。わかるよ」

強がって同意したが、さすがにそこまではっきり言われるとつらかった。けれど、「つむとはこれからも、こうやってふたりだけの時間作れるし」と続けられ、自分は特別なのだ、と有頂天になる。

ハルはおいしそうにグラスのジュースを飲み干した。

「学校、マジで楽しいわ」

その笑顔がまぶしい。

「私も、もうちょっとだけハルの周りが落ち着いたら、読書クラブに入ろうかな」

ハルが自分をカノジョだと認めてくれたことが、私に勇気を与えてくれたような気がする。

「マジで？」

「ひとりだったら絶対ムリだけど、ハルと一緒なら勇気出そうかなって」

「は？　勇気？　部活を始めるだけだろ？」

ハルは、学校での私が幽霊のような存在であることにまだ気づいていないらしい。

「あ、あのね、ハル……」

自分がクラスでひとりぼっちだということを打ち明けるべきかどうか迷った。いずれハルにもわかることだし、だれかの口からバレるより、自分で説明したほうがマシな気がした。

ただ、それを説明するためには父のことから打ち明けなければならない。

「うん？」

言いあぐねている私を不思議そうに見るハル。

「えっと……」

迷っているうちに、ハルのスマホが鳴った。

「母さんだ。ちょっとごめん」

「あ、うん。出て」

なんとなくホッとしてしまった。

「——うん。うん。わかってる。六時には帰るから。じゃ」

短い会話が終わった後、ハルは「ごめん。今夜、母さんとメシ、食うことになってて」と苦笑した。

「んで、なんの話だっけ？」

クラスでの立場を説明する勇気はもう消え失せていた。

「なんだっけ？」

私はさっきまでの会話を忘れたふりをして、とぼけて笑った。

「ああ、もうこんな時間か」

しばらくして、テーブルの隅に置いたスマホを一瞥（いちべつ）したハルが残念そうに言う。

楽しい時間はあっという間に過ぎていった。

「あ。うん。今日は楽しかった」

わかっている。病院から出てきたハルを、私だけが独占できないことは。けど、もう寂しくない。

付き合っているというだけで、いつまでも待てる気がした。

「鵠沼まで送るわ。レストランの予約までにまだ時間あるし」

駅までの道をブラブラ歩きながら、ハルが言う。

学校もそうだが、長谷駅からも、私たちは逆の方向に住んでいる。だから、駅で別れるほうが彼の負担にならない。わかっていたが、それでも離れがたくて、『ここでいい』とは言えなかった。


「家まで送ろうか？」

結局、鵠沼の駅まで一緒に来てくれたハルが、改札を出た所で言う。

「ううん。ここまでで十分」

夕方なので、祖母が庭木に水をやっているかもしれない。鉢合わせになってしまったら、ハルのことを説明するのが面倒だ。

「んじゃ、ここで」

「うん。今度は私が、ここでハルを見送るね」

そう言って、券売機の方へ歩いていくハルが改札まで戻ってくるのを待った。その時……。

「紬葵！」

不意に知っている声に呼ばれ、ドキリとした。声がする方を向いたら、スーツ姿のお父さんがニコニコしながら立っていた。

「お……父さん……」

全身が凍りついたように動かなくなった。

「どう……して……」

「横浜に来る用事があったから、ちょっとお前たちの様子を見に来たんだ」

「そ、そう……なんだ……」

必死に笑顔を作って答えながら、ちらりと切符売り場に目をやる。ハルが小銭を券売機に投入しているところだった。

まずい……。お父さんのことがバレちゃう。今日、いくらでも打ち明けるタイミングはあったのに。楽しい時間に水を差したくなかった……。

今すぐ消えてなくなりたい。

けれど、ニコニコ笑っている父の前から逃げだすこともできなかった。

「つむ、お待たせ～」

とにかく父から離れなければ、と思っているうちに、のんびりとしたハルの声が背中に届いた。

体が硬直し、息が止まりそうだった。

「つむ、この人、だれ？」

聞こえないよう声は潜めているが、いつもと変わらないトーン。思わずハルを見上げた。

目元には、さっきまでと同じ微笑を漂わせている。

知らないの？　お父さんの顔……。あれほどテレビや新聞に出ていた新薬の開発責任者の顔を知らないのだろうか。

しかし私がハルの質問に答える前に、父が「なんだ、デートだったのか」と、ボウ然としている私の肩をポンとたたいた。

「じゃあ、ひと足先におばあちゃんの家に行ってるから。あんまり遅くならないように」

私にそう言ってから、ハルに軽く会釈をした父が駅前の雑踏へと足を踏みだす。

「つむのお父さん？」

父の後ろ姿に目をやったまままそう聞かれ、ビクビクしながら「うん」とうなずいた。

「ふうん」

父が去っていった方角に、ハルはまだぼんやりとした視線を置いている。

「ハ、ハル……。あ、あのね……」

真実を話さなければ、と思っている自分と、ハルのカノジョという立場を失いたくない、と思っているズルい自分が心の中でせめぎ合う。

「ちゃんと挨拶すりゃよかった？」

軽い調子で言いながらも、ハルはまだ父の残像でも見つめるように商店街の辺りに目をやっている。

「そ、それはいいんだけど……」

言葉につまる私に視線を戻したハルは、「そっか。んじゃ、帰るわ」と言って、あっさり改札の方へ足を向けた。

「う、うん……」

彼が父の顔を知らないことにホッとしながらも、強烈な罪悪感に襲われる。

今、言わなきゃ……。体調もよくなった今なら、きっとハルは笑ってくれる。『そんなこと、気にしてたのか？』って。

だから呼び止めて打ち明けなきゃ、と頭ではわかっているのに、改札を抜けるハルに声をかけられない。

だって、こんな大切なことを今頃言うなんて……。

自分の人間性を疑われるような気がして、どうしても呼び止められない。この夢のような関係が壊れるのが怖かったのだ。

とまどっているうちに、ハルはホームの先の方へ歩いていってしまった。

打ち明けるタイミングを逃した私は、振り向くことなく電車に乗り込むハルの背中を、複雑な気持ちで見つめていた。

休み明けの月曜日。

待てど暮らせど、ハルは学校に姿を現さなかった。

「今日は二宮先輩、お休みかあ」

クラスの女子たちもガッカリしている。

どうしたんだろう。まさか日曜日に歩き回ったのがよくなかったんじゃないよね？

不安で仕方なくなって、学校から帰ってすぐにメールを入れてみた。

【今日はお休みだったんだね。顔、見れなくて残念。でも、無理しないでね】

なかなか返事が来ない。

体調が悪くなって寝込んでるんじゃないだろうか。父のことがバレて、私のせいで人間不信に陥っているんじゃないだろうか。

ハルからのメールを待つ間、どんどん悪い想像をしてしまい、怖くてこちらから改めて連絡をとることができなかった。

【つむ。今から会えないかな】

そのメールが入ったのは、夜の八時を過ぎた頃だった。

【いいよ。どこへ行けばいい？】

迷いはなかった。たとえこれが深夜だったとしても、私はそう返信しただろう。

【いや、やっぱ遅すぎるよな】

むしろ、ハルのほう迷っているようだ。

【大丈夫。こっそり家を抜けだせるから。どうしたの？　なにかあったの？】

しばらく返信が途絶え、二十分ほど経ってからメールが来た。

【じゃあ、七里ヶ浜（しちりがはま）の駅で待ってる】

七里ヶ浜？

ハルの家は由比ヶ浜だと聞いていた。

七里ヶ浜は、私の住んでいる家の最寄り駅と由比ヶ浜の、おおよそ中間地点。一番早く落ち合える場所ではあるが、私はあまり利用したことのない駅だ。

夜、よく知らない場所へ行くことと、ハルが用件を言わないことにとまどいを感じた。

それでも、【了解。今から出るね】と返信し、こっそり着替えて裏口から外へ出た。

木戸を閉め、駅へと一歩踏みだした途端、またハルからメールが届く。

【やっぱ、来なくていいや】

軽いトーンのメールを見た瞬間、逆にいてもたってもいられないほどの胸騒ぎを感じた。

いつものハルじゃない。

もう返信するのをやめて、夜の舗道を駅へと走った。

その時間の電車は、本数が少なく、十分以上待って、ようやく電車に乗ることができた。車内には、会社帰りのサラリーマンが多かった。

窓の外は真っ暗で、江の島も黒いシルエットだけになっている。灯台の明かりがまっすぐに伸びていた。

七里ヶ浜の駅に着いた時、ハルはもう無人の改札の向こうへ出て歩いていた。

「ハルー！」

その背中に呼びかけると、久しぶりにマスクをしていない顔がこちらを向く。外気を吸っていいということは、体調は大丈夫だということなんだろうか。

「つむ。俺の最後のメール、届かなかった？」

まるでここへ来たことをとがめるような言い方だった。

「届いたけど……。なんか、心配で来ちゃった。ねぇ、どうしたの？」

尋ねると、ためらうような沈黙の後、ハルは「歩きながら話すよ」とぶっきらぼうに言い、先に立って歩きだした。

「ま、待って」

追いかけて並んだ横顔からは、別人のように冷たい空気が漂っている。

やっぱり、お父さんのことだよね？

私へのそっけない態度からそう確信した。

だけど、どこへ行くんだろう、と思いながら、足早に歩く彼についていく。

薄暗い街灯が照らす細い道を歩いていった先に、白い防波堤（ぼうはてい）が見えてきた。

「海……」

結局、なにも話さないまま、海岸に着いてしまった。ザザーと波の音が聞こえる。

「病院に戻る前に、ここの砂浜を歩きたかったんだ」

人影（ひとかげ）のない砂浜に下りたハルが、両手をパーカーのポケットに突っ込んだまま言う。

「え？」

病院に戻る？

心の中で聞き返した。

「今朝、外来で病院行って、血液検査したんだ。そしたら、数値が悪くなってて。また病院で安静にしてなきゃいけないって」

「ウソ……」

それで学校へも来れなかったんだ……。

「なのに、なんでマスクを外してるの？」

「食べ物とか睡眠時間とか、気をつけてても悪化するし。もうマスクなんてしてもしなくても一緒かなって思ったりして」

いつになく投げやりな言葉だ。ハルらしくない。

「また当分、学校には行けねーわ」

教室の中で生き生きと輝いていたハルの顔を思いだすと、胸が痛んだ。

「けど、やっぱ、こういうひとりよがりのメランコリーに付き合わせるのは悪いと思って、最後のメール送ったんだ。来なくていいって」

「全然いいよ。むしろ、メールもらってうれしかった」

ハルが砂浜に腰を下ろしたので、私もその横に膝を抱えて座った。

「私、ハルが呼んでくれたら、どこへだって飛んでいくよ？」

本心からそう言ってハルの顔をのぞき込んだけれど、彼は黙ったまま。

――ザザー……。ザザー……。

波の音も昼間と違って不気味に聞こえる、真っ暗な海。砂浜に寄せては砕ける波も灰色で、見ていると心細くなる。

不意に、ハルが自分の顔を隠すように額を膝小僧(ひざこぞう)の上に伏せた。

「このまま、どこかへ逃げたい。つむと一緒に」

『逃げる』なんて、いつも前向きなハルとは思えない言葉だ。それほど、病院に戻りたくないのだろう。

「ハル。私、また毎日、本を持っていくから」

励ます言葉も見つからず、そう言うのが精いっぱいだった。

けれど、ハルはやっぱり私の方を見なかった。

「なんで俺なんだよ……」

なぜ自分が治療薬の副作用に苦しむことになってしまったのか、運命を呪うような声が胸に刺さる。

「ちくしょう！　なんで俺なんだよ！」

別人のように荒々しい声で吠えたハルは立ち上がり、一直線に海へ向かって歩いていく。

「ハル！　待って！　待ってよ！」

慌てて後を追い、ハルの腕を捕まえた。

「帰ろう。ここ、寒いし、風邪とか引いたら大変だから」

海水に足を踏み入れようとするハルを、必死で引き戻そうと引っぱった。スニーカーが濡れて、冷たい海水が染みる。

「あっ！」

彼の腕をつかんでいた両手を振りはらわれ、はずみで湿った砂の上に倒れた。その私を冷たい目で一瞥し、ハルが海に入っていく。

「やめて！　そんなことしたら、死んじゃうよ！」

叫んだ後で、ハルがここに死にに来たような気がして、ゾッとした。

「ハルーッ！」

どんどん海に入っていくハルを、私も腰の辺りまで水につかりながら追いかけた。けれど、胸まで水につかった時、そこで足が止まった。

私、泳げない……。

プールでなら、かろうじて二十五メートルを泳ぎ切れる。けれど、波のある海で泳ぐ自信がない。しかも、長身のハルを引っぱって戻ってくるなんて、私にできるだろうか。

「ハルーッ！」

何度も呼んだ。けれど、もう波間に後頭部が見えるだけだ。

ハルを助けなきゃ。……泳げる。きっと、泳げる。

そう自分に言い聞かせ、暗い水の上に体を浮かせ、バタバタと波を蹴り、両手で水をかいた。真っ暗な海の底に潜むなにかに、足を引っぱられそうな気がする。

恐怖心と闘いながら水をかき、ハルの姿を追った。けれど、思いもよらない方向から波が顔にかかってきて、息つぎができない。

ダメだ。もう泳げない。

けれど、そこはもう、まったく足がつかない深さだった。

「ハ……ッ……ごホッ……」

名前も呼べないまま、ブクブクと肺の中の空気をまき散らしながら体が沈んでいく。

死んじゃう。

本気でそう思った。

両親や祖母の顔が頭に浮かんだ直後、沈んでいく体がふわっと水の中で浮いた。

「げホッ、げホッ」

死ぬほど咳き込みながらなんとか呼吸を取り戻して顔を上げると、ハルの顎が見える。海の中で抱き上げられているのだとわかった。

死ぬかと思った……。

震えながら、ハルにしがみついた。

ゆっくりと砂浜に下ろされ、ずぶ濡れのまま、ふたり並んで座っていた。

「ごめん、つむ。まさか泳げないのに追いかけてくると思わなかったんだ」

抑揚のない声で言ったハルは海の方を向いたままだ。

私は恐怖で言葉も出ないほど震えながら、じっとハルの体に身を寄せる。本当に怖い思いをした時、人間は涙も出ないのだと痛感した。

「私、小さい頃、海でおぼれかけて……。それ以来、海がダメなの。本当に死ぬかと思ったよ……」

やっとしゃべれるようになったが、声は体と一緒に震えている。

「じゃあ、ムチャすんなよ」

ハルが怒ったように私を見てしかる。

「先にムチャしたのはハルのほうじゃん」

さすがにカチンときて、言い返した。

するとハルは黙って海の方を向いて、それからぽつりと「今夜はムチャしたかったんだよ。どうしても」と、声を沈ませる。

いつになく覇気のない声を聞いて、胸がうずく。

「一瞬だけ……」

語尾が震え、ハルの言葉が途切れた。

「一瞬だけ、なに?」

「海の中でつむを抱き上げた時、一瞬だけ、つむを連れてこのまま海の底に沈んじまおうかと思った」

これまで飄々と我慢強く病気と闘ってきた彼が、初めて私に見せてくれたもろさだった。

けど私も、夜の海を泳ぎながらなんとなく、そうなることも考えた。

「私、ハルの行くとこ、どこでもついていくよ。病院だって、アメリカだって、海の底だって必ず追いかけていくから」

私がそう言うと、ハルの大きな手が私の頭を引き寄せ、静かに自分の頭にくっつけた。

「やっぱりバカだな、つむは。アメリカはいいとしても、海の底はヤバいだろ」

「追いかけてって、一緒に死ぬんじゃなくて助けるんだよ！　一緒に生きてくために追いかけるんだよ。だって……だって、ハルのこと、好きなんだもん……」

告白という単語からはほど遠い、子供のわがままみたいな発言になってしまった。

しかも、その弱々しい語尾は波の音にかき消され、ハルの耳に届いたのかどうかもわからない。

「ハルは私のこと、ずっと守って支えてくれるって言ったじゃん。なのに、こんなムチャして心配させるなんて信じられない」

責めるように訴えると、ハルはまつげを伏せて「ごめん」と低くつぶやいた。

「俺、今夜はバカやったけど、どんなにつらくても絶対に自分の命を自分から手放したりしない」

ハルは強い決意を口から吐きだした後、自分を戒(いまし)めるように唇をかんだ。

「わかってる……」

だから、私もハルを信じて海に入れたんだ。

私たちは黙って寄り添い、夜の海を見ていた。

江の島にたくさんの明かりが灯っている。

「俺、あきらめてないから。ずっと生きて、つむを守るから」

自分自身に言い聞かせるような口調。いつもの強い瞳のハルに戻っている。

「うん」

わかってる。私の好きなハルはそう簡単に人生をあきらめたりしないって。

私たちはしばらくそこで波を見た後、駅へと戻った。

「ヤバいよな。こんなずぶ濡れで電車とか乗ったら、きっと変な目で見られるよな」

ハルがセミヌードのグラビアアイドルみたいに両腕をクロスさせて自分の胸の辺りを覆い隠す。

「今さら……。ハルのせいだし」

「だよな」

私たちは顔を見合わせ、お互いの姿を笑った。

「とりあえず、母さんに迎えに来てもらお」

ハルの電話で、二宮先生が七里ヶ浜まで車で迎えに来てくれることになった。

駅の隅で事前に打ち合わせして、ふたりでふざけて夜の海で泳いだことにしたのだが、もちろん、がっつり怒られた。

けれど、明日から再入院になったハルの気持ちを思いやってか、最後は、「本当にしょうがない子でしょ？　ごめんね、藍沢さん」と、二宮先生はあきらめモードだった。

「あ、この辺で降ろしてください」

家の近くで車を降り、こっそり裏口から庭へ忍び込む。

「みゃあ、みゃあ」と擦り寄ってくるマイクを、「しっし」と追いはらいながら、なんとかだれにも気づかれずに自分の部屋へ入ることができた。

第三章　約束の指輪

九月十四日。

それは、私の十七歳の誕生日だった。

病院へ戻ったハルから、フェイスブックに【Big Happy Birthday】というメッセージが届いた。

ハルの誕生日は十二月。【ありがとう。しばらく同い年だね】と返信した。

昨日まで十六歳だった私が、ひと晩寝て起きただけなのに、急に大人になったような気分だ。

わけもなくウキウキしながら、登校してすぐに保健室へ駆け込み、診察される生徒が座る丸イスに腰を下ろした。

「先生。ハル、次はなにが読みたいって言ってますか?」

私が図書室の本を手渡しするようになってからも、二宮先生は毎日欠かさず病院に行き、次の日にハルのリクエストを私に伝えるという習慣は変わってない。

弾むような気持ちでハルが希望する本を聞いたのだが……。

二宮先生から、「しばらくハルの所に行かないでほしいの」と言われた。

「どうしてですか？」

なにかよくないことが起こったのかと思い、慌てて尋ねると、先生はかすかに口角を持ち上げる。

「そんな顔しないで。今日から、ちょっときつい治療をしなきゃいけないだけだから」

先生は私を心配させまいとするみたいに軽い口調で言った。けれど、ハルの病状がよくないのだとわかって、頭を殴られたような気分になった。

私は保健室の丸イスに腰を下ろしたまま、立ち上がれなくなった。

「わかるでしょ？　あの子、あなたにはそういう姿を見せたくないのよ」

海でのことがあってから、ハルが私に弱い姿を見せることはなくなっている。今日も、会わないつもりでフェイスブックにメッセージだけ送ってきたのだろう。

ひとりでつらい思いしなくてもいいのに……。

そう思うと、私のほうが泣きそうになる。

でも、泣いたらいけない。つらいのはハルと先生なんだから。

必死で涙をこらえ、一生懸命、呼吸を整えた。

「わ、わかりました。お見舞いに行けるようになったら、教えてください」

なんとかそれだけ言って、保健室を出た。

次はいつ会えるかわからないという不安で押しつぶされそうになりながら、騒がしいホームルーム前の教室へ入った。

ここで幽霊のように過ごすことより、ハルに会えないことのほうが遥かにつらい。

ハル……。

崩れそうになる顔を机に乗せた腕の間に伏せた。

もうすぐ授業が始まるのに、どうしても顔を上げられない。今、なにか見たら、それがどんなものであっても、ハルのことを思いだして、きっと泣いてしまう。

「ム、ムギちゃん……だ、大丈夫？」

しばらくして、とまどうような声が降ってきた。

リコちゃんの声だ。顔を上げなきゃ。

そう思っているのに、歪んだ顔を見せるのが怖い。平気な顔をしていなければ、お父さんのことも、なにもかも知られてしまいそうな気がする。

じっと黙っていると、しばらくして、ガタガタとイスを寄せてくる音が聞こえ、とんとんと優しい手が背中をたたくのを感じた。

「ムギちゃん……。今日、久しぶりに一緒に帰ろうね」

一方的に心を閉ざしてきた私を、クラスメイトの温かい声が、久しぶりに『ムギちゃん』と呼んでくれている。その優しさが胸に沁みた。

私は顔を上げられないまま、嗚咽をこらえ、うんうんとうなずいた。

その日の帰り道、病院へ行けない私は、くつ箱の所で待っていてくれたリコちゃんと一緒に下校した。

お互い黙ったまま、駅までの道を歩く。

リコちゃんにあやまらなきゃ。

けれど、お父さんのことを打ち明けられない以上、今までの自分の振る舞いをなんと言って謝罪すればいいのかわからず、うつむいたまま足を進めている。

西に傾いた太陽の日差しと、キジバトの鳴き声だけが私たちを包んでいた。

結局、電車に乗り込むまで、お互い無言だった。

「これ」

並んで電車のイスに腰を下ろした時、リコちゃんが小さな紙の包みを差しだした。

「ムギちゃん。今日、お誕生日なんでしょ？　おめでと」

開けると、かわいい革製のブックカバーと、金色の猫をかたどった薄い金属のしおりが入っていた。彼女としゃべらなくなった私が、読書に没頭している姿を、そっと見てくれていたのだろう。

「あ、ありがとう……」

やっと口をきけた。

「でも、私の誕生日なんて、よく覚えててくれたね」

本当にそう思った。親友だった頃が遠い昔のように感じていたから。

すると、リコちゃんは困ったように「ごめんね。実は忘れてたの」と笑った。

「へ？」

「でも、昨日、先輩が教えてくれたの」

「先輩？」

まったく状況が飲み込めない。

「読書クラブの……なんていう名前だったかなあ。名札見たけど、苗字忘れちゃった。なんとかリュウって人」

他の部員たちと一緒にハルのお見舞いに来ていた、幼なじみのリュウジくんのことだろうか。

「明日、ムギちゃんの誕生日だから、放課後だけでもいいから一緒にいてやってくれないかな、って。誰かに、私が一番ムギちゃんと仲がいいって聞いたみたい」

「え？」

それを聞いて、ハルがリュウジくんを通してリコちゃんに頼んだのだとわかった。自分が一緒に過ごせないから。

「頼まれたのは内緒でって言われたんだけど……。ずっとしゃべってなかったのに、プレゼント用意してるって不自然でしょ？」

「そ、そうだよね……」

ハル。自分が治療で大変な時に、私の誕生日の心配をするなんて……。

「けど、私もずっとムギちゃんのこと、気になってたから。そのリュウって人がきっかけを教えてくれて助かった。こうしてプレゼントも渡せたし」

少し間を置いて、リコちゃんがしんみりと続けた。

「ごめんね、ムギちゃん……。私が何回も『掃除当番、代わって』って頼んだのが、いけなかったんだよね？」

「え？」

反射的に顔を上げていた。

「違うよ。リコちゃんはなにも悪くない。全部私が悪いんだよ」

自分の思いだけで泣いたりするのはやめようと決めたはずなのに、また涙が湧き上がってくる。

「な、泣かないでよ」

両手で泣き顔を隠し、オロオロするリコちゃんの声を聞く。心の中で、『ごめんね』と何度も繰り返した。

「おめでとう、紬葵」

その夜、母がケーキを焼いてくれた。

祖母からは、「はい。早めの形見分け」という縁起でもない冗談と一緒に、真珠のネックレスをもらった。細いゴールドのチェーンに、ピンクがかった大きなパールがひと粒ついている。

「ありがとう。おばあちゃん。大事にするね」

高価そうなプレゼントに見惚れていると、祖母がさらに続ける。

「マイクもさっき、紬葵にプレゼントしようと思ったんか、大きなネズミを一匹、捕まえてきたんだけどね。お腹が空いて、自分で食べたみたい」

げっ……。

祖母の話はどこまでが本気なのかわからない。もし、本当なら、マイクから直接プレゼントを渡されなくて逆にラッキーだ。

母がケーキの上のろうそくに火をつけてから「じゃあ、電気を消すわね」と部屋の明かりを落とした。

暗闇に揺れる炎を吹き消す時、私は心の中でハルの全快を祈った。

また、ハルが学校へ来られますように。

手作りケーキと紅茶を味わった後、部屋に戻り、リコちゃんからもらった革のブックカバーをつける文庫本を探した。

本棚を探っている時、ブーンとカバンの中のスマホが震えていることに気づいた。

「ウソ……。ハルだ……！」

着信相手の表示を見て、急いでスマホの通話ボタンをスライドさせ、耳に当てる。

『もう五回もかけてるんですけどお』

いきなり、つながらないサポートセンターにでも電話しているような不満そうな声がする。

「え？　そ、そんなに？」

あまり鳴らないスマホは、充電の時以外はカバンの中に置き去りだった。

『誕生日、おめでとう』

スマホから届く声は、意外なほど張りがあり、元気そうだ。

「あ、ありがとう……。ＦＢにもメッセくれてたけど」

『ああ。でも、肉声のほうがいいんじゃないかと思って。病室、抜けだしてきた』

いつもと変わらない声のトーンに安心する。

「そんなことして、大丈夫？　でも、声が聞けてうれしい」

『俺も。つむの声聞けて元気出た』

その言葉に胸がジンと鳴る。それなのに、余韻（よいん）にひたる暇もなく、ハルが『んじゃ』と会話を打ち切ろうとする。

「へ？　それだけ？」

『うん。それだけ。もう消灯だし』

病室を抜けだしてまで電話をかけてきてくれたのに、恐ろしいほどそっけない。

「あ、あの……」

すぐに切りたくなくて、引き止めた。

『うん？』

「今日、クラスメイトが一緒に下校してくれたんだ」

『そっか。よかったじゃん』

その言い方が白々しい。

「けど、それはそれだから」

『は？』

私が強い口調で言ったせいか、ハルは驚いたように聞き返してきた。

「リコちゃんが、ハルの代わりになれるわけじゃないから」

『………』

ハルが沈黙する気配で、図星だったんだとわかった。自分に会えない寂しさを、他の友達でまぎらわせようと画策したのだ。

「ハルはハルだから。私、ハルじゃないとダメだから」

きっぱりと断言しながら、こんなふうに強く言える自分に驚いていた。

ハルに出会う前よりずいぶんたくましくなった気がする。こんな言い方をする女の子はかわいくないかもしれない。けど、だれもハルの代わりになんてなれないことをしっかり伝えたかったのだ。

『多分、一週間くらい』

ハルがポツリと言った。

「え？　一週間？　なにが？」

『一週間後にはきっと元気になってる。けど、今はちょっとキツい……。だれかに会うの』

彼はきっと、弱い本心を吐きだすことに慣れていないのだろう。苦しそうに言葉を途切れさせ、語尾を沈ませる。

私の前では弱い姿を見せてくれたっていいのに……。

そう思う反面、彼が絶対にそれをしないこともわかっている。今、こうして電話をかけている向こうで、苦痛に顔を歪ませているのかもしれない。

「うん。わかった……」

『また電話するから』

　そう言うと、ハルは通話を切った。


　ハルに会えない一週間は、本当に寂しくて不安だった。

　ハルがアメリカに転院なんかしたら、私、どうしたらいいんだろ。百万分の一とはいえ、可能性はあるということだよね……。高校生の私がアメリカに行く方法ってなにがあるんだろう。アメリカの大学ってどうやったら入れるんだろう。

　真剣に留学という進路も視野に入れ考えるようになった私は、今まで以上に英語の勉強に力を入れた。

九月下旬。秋分の日の前日。

つらい治療のかいがあって、ハルは一週間という期限付きで、一時退院を許された。

二宮先生が、放課後、車で病院まで迎えに行くから一緒に行かないか、と誘ってくれた。

先生の車で学校を出る時、気を利かせてハルのために助手席を空けておいたのに、

「俺も後ろでいいわ」と後部座席に乗り込み、私と並んで座るハル。

「母さん。ちょっとドライブしてから帰りたいんだけど」

そう言いだしたハルに押し切られ、まずは病院から鎌倉までの海岸線を走り、私を鵠沼に送り届けてから由比ヶ浜の自宅へ戻ることに決まった。

「明日、祝日だよな。どこ行く?」

車が発進してすぐに、ハルが瞳をキラキラさせ、聞いてくる。

「え?　いきなり明日?　一日くらい自宅で静養して様子見てからのほうがいいんじゃない?」

「マルティン・ルターも言ってるじゃん。『今でなくてもできる、が、ついにできな

かった、になるのは実に早い』って」

「いや、明日の外出をあさってにするとか、そういうレベルの話だよ？」

前回の仮退院のこともあり、こっちが慎重になる。

それなのに、ハルは「今日しなくていいことは、一生しなくていいことだ」と、格言らしき言葉を引用して笑う。

「は？　それ、だれの名言？」

「忘れた」

「笑えない」

私だってハルと一緒に出かけたい。けれど彼の体調が心配で、返事に困ってルームミラー越しに先生の顔を見る。

ブランド物のサングラスをかけた先生の口元は笑っている。

「いいんじゃない？　今回は一週間しかないんだから、好きなことすれば」

「けど、病院を出た次の日とか、ホントに大丈夫なのかな……」

「遠出は無理かもしれないけど。神奈川県内ぐらいなら、いや、東京デートもありかも」

腕組みをしたハルが右斜め上をにらむようにしてデートプランを練る。

「行き先はハルが決めてくれたらいいけど」

「わかった。じゃあ、行き先決めて、集合時間は後でメールするわ」

そう言って、ハルは楽しそうな顔を窓の外に向けた。

口元には、あいかわらず大きなマスク。最近では看護師さんたちの間でも、すっかり『マスク王子』という呼び名が定着している。

こんなカッコいい男子と同じ車に乗り込んでいること自体がウソみたいだ。

ヤバい。彼と一緒にいても釣り合うぐらい、もっと自分を磨かないと。

明日のデートのことを想像しながら、窓の外、オレンジ色に染まる雲を眺めた。

「あ、富士山だ」

夕日に染まる空をバックに、青みがかった美しい山のシルエットが見えた。それは江ノ電沿線では珍しい景色ではないが、今日は特別美しく見える。

……え!?

美しい山の稜線に気を取られ、無防備にシートの上に置いていた手をハルの手が握ってきたのがわかった。

つながれた手を見るのが恥ずかしく、私は窓の外に目を向けたまま、ハルの白くて繊細な指先を思いだしていた。

意外なほど大きくて温かい手。包み込まれるような安心感と、気恥ずかしさを感じながら、ルームミラー越しにチラリと先生の顔を盗み見た。

私たちが手を握り合っていることになど気づかない様子で、黒いサングラスはしっかり前を向いている。

それでも、赤くなった頬を見とがめられそうでドキドキする。

このシチュエーションだけで十分緊張しているのに、ハルはつないでいる手を一度ほどき、今度は指と指をしっかり絡(から)める恋人つなぎにしてきた。

先生に気づかれたら、どうしよ……。

甘い気持ちと、いけないことをしているような後ろめたさとが混ざり合う。

恥ずかしさが顔に出ないよう、必死で窓の外を見つめた。

やがて、見慣れた建物が増えてくる。そして、残念なことにあっという間に祖母の家の前に着いてしまった。

「へえ。つむの家、ここなんだ」

ふうん、とうなずきながら、ハルは焼き杉の塀(へい)を窓越しに眺める。

「いいなぁ、純和風の家も」

「そうかな。古いし、狭いよ？」

母や祖母が出てきたら、ハルや先生との関係を説明して紹介しなくてはならない。

そうなったら面倒くさいな、と思い、さっさと車を降りることにした。

「先生、ありがとうございました。じゃ、ハル、明日ね」

そう言っているのに、ハルがつないだ手を離さない。

この状況で、どうやって車を降りればいいいんだろう。

「ハル。明日、ね？」

「ああ。うん。また明日」

まだ手をつないだままだということに気づかない。それとも、私を困らせておもしろがっているのだろうか。

ごほんと咳ばらいをして、ハルの顔を見る。次に、先生にバレないように、シートの上で握られたままの手に視線を移す。

「あ。やべ。つむの手、無意識に握りしめたままだった」

せっかく二宮先生にわからないように合図を送ったのに、台無しだ。

「あはははははは」

二宮先生に、「いいねえ、青春だねえ」と言って豪快に笑われてしまった。

その晩は、翌日のデートに着ていく服に迷い、夜中までタンスの中を引っかき回した。目に留まった服を手当たり次第、着たり脱いだりしたが、どれもピンとこない。

「もっと流行りのかわいい服、なかったっけ？　なんで、マキシワンピとか買わなかったんだろ」

思えば、このところ学校と病院の往復で、毎日、制服と部屋着のローテーション。夏休みのお見舞いも、病院という場所がらを考え、地味にしていた。ずっとショッピングにも行っていない。

ハルの外泊がもっと早くわかってれば……。

でも、今さら悔やんでももう遅い。結局、二年前に買った白いワンピースの上にレースのカーディガンを羽織るという無難なコーディネートになってしまった。

これでポニーテールならもっとかわいいんだけど……。

鏡の前で、肩までの髪を両手で持ち上げ、指の間からパラパラ落ちる後れ毛にため息をつく。

アップにするのはあきらめて、カチューシャを探した。

待ち合わせは藤沢駅に十一時。

約束の場所に立っていたハルは私を見て、「へえ。かわいいじゃん」と感心したように言ってくれた。それだけで、顔にぼっと火がついたみたいに熱くなる。

「じゃあ、行こっか」

いつの間に買ったのか、東京駅までの切符を渡された。

「やっぱ首都だろ」

なぜか腕組みをして、うなずきながら言うハル。

「やっぱり東京なんだ……」

自分が生まれ育った場所なのに、最後の記憶がつらいものだったせいか、せっかくのデートだというのに今ひとつ気持ちが盛り上がらない。

「あれ？　別の所のほうがよかった？」

じっと切符に視線を落としている私を見て、ハルが意外そうに聞く。

「ううん、楽しみ。ありがとう」

東京といっても、知らない所もたくさんある。むしろ行ったことのない街へ行けることを期待しながら、ハルの後ろについて改札を入り、電車に乗った。

今日のハルは、黒いデニムとロゴ入りのカットソー。その上に羽織ったシンプルなコットンシャツの前をはだけている。

とりわけオシャレな服を着ているわけではない。ごく普通の格好をして、片手でつり革を握り、もう一方の手で文庫本を開いている。でも、それだけでとても絵になる。

車内の女の子たちが、ハルをちらちら見ているのがわかった。スタイルがいいせいか、マスクをしていても、その姿は人目を引くらしい。

それがうれしい反面、自分のような普通の女の子が一緒にいてはいけないような気持ちにもなる。

「座る?」

読み終わったらしい本を閉じてポケットに戻し、ハルが空いている席を顎で示す。

「う、うん……」

周囲の視線が気になり、わけもなくよそよそしい態度になってしまう。

先に座ったハルの隣に、十センチぐらいの間隔を開けて座った。

それなのに、私がせっかく作った距離をつめたハルが、「なに、黙ってんの?」と不意に身を寄せ、聞いてくる。

「え? あ、いや。別に。みんながハルのこと見てるなーと思って感心してただけ」

けれどハルは、「そうか？」と自覚がない様子。

「気づいてないの？」

「いや、昔からよく見られてるから、こんなもんじゃね？」

平然と言ってのけるハル。

「なんか、腹立つ……」

「はははは」

彼が笑うと、さらに目立つ。遠慮のない、さもおかしそうな笑い声に、車内の人たちが驚いたみたいにハルの方を向く。そして、そのまま彼の美貌(びぼう)から目が離せなくなったみたいにじっとこっちを見ている。

周囲の人たちは私たちをカップルだと思っているのだろうか。

彼と一緒にいると、やたらと人目が気になった。

「丸(まる)ビルってどっちだっけ？」

東京駅に着いてからは立場が逆転し、私のほうが案内係になった。

「こっちだよ。ふたつあるけど、新しいほう？」

東京は久しぶりだというハルは、割と最近できた名所にはうとかった。

「行きたいお店、何階？」

「えっと、このレストラン」

「えっ、ここ？　めちゃくちゃ高いお店みたいだよ。大丈夫？」

ハルがスマホの上に開いたホームページは、高校生が行くような店のものではない。

「母さんが俺に送ってきたオススメの店なんだけど」

「あー……。高校生らしい料金とか考えない豪快さが二宮先生っぽい」

言われるがまま案内したが、そこはミシュランにも載っているような和食の有名店だった。格式の高そうな入り口でふたり同時に、立ち止まってしまう。

「や、やっぱマックとか……」

私が作戦の見直しを勧めようとした時、ハルが意を決したように、「行くぞ」と私の二の腕をつかんだ。


「うわあ。やっぱり眺めがいいな」

窓際のテーブルについてやっと緊張が解けたのか、外を見渡すハルの仕草が子供のように無邪気(むじゃき)でかわいかった。

「ほら、スカイツリー。もう、四百五十メートルを超える高さまでできあがったって、テレビで言ってた」

ハルが指差す先を見ると、地面からにょっきりと生えた白い塔(とう)のようなものがある。

「ふうん。あれがスカイツリーになるんだ。いつ完成するんだっけ？」

「二〇一二年だってさ」

「じゃあ、もうすぐだね。完成したら一緒に登ろうね」

そう言った時、ハルが一瞬、答えに躊躇したように見えた。そのわずかな沈黙に、なんだか嫌な予感がした。

「ハル。アメリカに行ったりしないよね？」

すがりつくような気持ちで尋ねると、彼はまつげを伏せ、沈んだ表情になった。

「日本での治療がうまくいかなければ、それも仕方がないよ」

日本に比べ、海外のほうが圧倒的に認可されている薬の種類が多い。それは父から聞いて知っている。

でも、百万分の一の確率だって言ったじゃん。私を置いてくの？

口から出かかる言葉を必死で堰き止める。治療のためなんだから、と自分に言い聞かせた。

「そんな顔すんなって。先のことなんてわからないよ。日本でも画期的な治療法が見つかるかもしれないし」

がんばって口角を持ち上げて笑っているつもりだったのだが、ハルが私を励ます。

「うん……。わかってる……。心配なんて全然してないよ」

「顔、引きつってるけど」

「う、ウソ……」

自分の顔を手でさわってこわばっていないか確認すると、ハルが声を立てて笑った。

「つむは正直だな」

その言葉が、父のことを隠している私の胸に刺さる。

私は正直なんかじゃない……。

「また、泣きそうな顔してる。今日はデートなんだから、そんな顔しない」

「はい……」

まるで先生に注意される小学生みたいになっていた。

「あした、きっと世界が変わる。そう願うことから始めよ」

ハルが力強く励ます。これではまるで、私が病気で悩んでいるみたいな会話だ。

ダメだ。私、また不思議ちゃんになってる……。

自分を反省し、私も笑顔を作った。

「ハル。ひとつだけ約束して」

私が小指を差しだすと、ハルは不思議そうに「約束?」と聞き返す。

「スカイツリーが完成したら、世界のどこにいても必ず帰ってきて、私と一緒に登ること」

一瞬、とまどうような顔をしたハルだったが、すぐに決心したようにうなずく。

「わかった」

ハルが私の小指に自分の小指をからめた。

指切りをした後で、和服姿の仲居さんがじっと私たちを見ていることに気づいた。

『いちゃついてないで、さっさと注文しろ』と言われているような気がした。

「ハ、ハル。早くオーダー決めよ」

「お、おう」

ハルも仲居さんの視線に気づいたのか、慌てて小指を引っ込めた。

「こちら前菜でございます」

年配の仲居さんが、洗練された仕草で私たちの前に陶器の長いお皿を置いた。その上に乗った三つの小鉢について、一品ずつ説明があったがよくわからない。

「全然聞こえねー。あの人、威圧感すごい割に、声小さくね?」

ハルが小声で言うのを「しっ」と遮る。

私たちは料理の内容が書かれている和紙をのぞき込みながら、恐る恐る箸を伸ばした。

「ハル、見て。海ブドウだって。普通のブドウよりかなり小粒だね」

「それ、果物のブドウとは違う種類の海藻かなんかじゃねーの?」

眉間にシワを寄せ、小鉢の中を箸の先でつつくハル。

「……冗談だし。そんなバカじゃないし」

「なんだ、本気かと思った。あ、俺、ウドって初めて食った」

そうやって声を潜めてしゃべりながら、私たちはお品書きに沿って出てくる料理を平らげていった。

でも、高級感あふれる店の雰囲気と、ハルと向かい合って食事をすることの両方に緊張し、味はよくわからなかった。

「うまかったな」

満足そうに店を出るハルの度胸に感心した。

上品すぎるランチと、高層ビルからの景色を堪能した後は、八重洲のブックセンターへ立ち寄った。

「あ。この本、まだ読んでない。お。これも読みたかったやつだ」

かれこれ一時間、ハルは書店の中のコーナーをあちこち回り、いろいろな本を手に取って、一冊一冊熱心に見ている。

最初は私もおもしろそうな本を物色していたが、さすがに時間を持て余す。ハルと過ごす貴重な時間がもったいない気がする。

入り口近くに並べられた東京のガイドブックを見ながら、「ハルー。まだあ?」と、何度も急かした。

「ごめん、ごめん。またにするわ」

結局、荷物になるから、という理由で買うことはせず、書店を後にした。

「次、どこ行く？」

案内する気満々で尋ねると、ハルが「つむの住んでた町に行ってみたいな」と言った。

「え？」

思わず足が止まった。

ハルのリクエストに応えたい気持ちはあるけれど、さすがにそれは抵抗がある。うっかり近所の人にでも会って、『川原さん。お父さんの会社、大変だったわね』なんて言われたら、どうしていいかわからなくなる。

私は頭から水を浴びせられたような気持ちになりながら、必死でその町へ行かない理由を探した。

「私の住んでた所なんて、つまんないよ」

「そう？」

「お、お父さんが転勤族で……。私、あっちこっち転々としてたから、そんなに思い出なんてないし。この先もあの町に帰るかどうかわかんないし」

手の中に汗を握りしめながら、ウソを積み上げた。

「そっか」

ハルはあっさりと納得したように笑い、「じゃ、若者の街へでも行くか」と、行き先を原宿へ変更した。

九月下旬とはいえ、今日はまだ日差しがきつい。けれど、ほどよい風が吹いているのが救いだった。

「君、こういう仕事、興味ない？　それとも、もうやってる？」

人でいっぱいの竹下通りをぶらぶら歩いていると、スカウトマンらしき男の人がハルに名刺を渡してきた。そこには、私でも聞いたことがあるくらいメジャーなモデル事務所の名前が書いてある。

「どう？　ウチ、よそよりも条件いいよ？」

「退院したら、考えます」

「は？　退院？」

スカウトマンは面食らったような顔をしていた。

その後も二回ほど芸能プロダクションのスカウトの声がかかり、男性向けのファッション雑誌のカメラマンから「ちょっと写真、撮らせてくれる？」という依頼もあった。原宿と渋谷で見つけたオシャレな男子のファッションを比較する特集を組むためだという。

けれど、ハルは特別オシャレな格好をしているわけではないし、いつも原宿にいるわけでもない。

私は不思議に思ったけれど、ハルは笑っている。

「別にいいっすよ。マスクしたままでよければ」

「できあがったら送るから住所、教えて」

カメラマンは馴れ馴れしい口調で言って、住所を聞くのが当たり前のように手帳を開く。

「住所は……いいです。自分で買います。雑誌の名前、教えてください」

ハルはなんにでも興味を持って、自然な態度で人の話を聞く。かといって、むやみに名前や住所を教えたりはしない。決して無防備ではないのだ。

その対応を見て、なんだかオトナだなぁ、と感心した。

「それにしても暑いね。ハル、大丈夫?」

どこも悪い所のない私でさえ、強い日差しと人ごみで、体力と水分を消耗する。それなのに、ハルはこの雑踏さえも楽しんでいるかのように、「平気平気」と笑い、軽やかな足取りだ。

「あ。ここ、昔からあるクレープ屋」

赤いシェードのある店を指差して、ふとハルが立ち止まる。

うか。

病院でのハルの食事は、特別食だったような気がする。ランチは薄味の懐石だったので気にならなかったのだが、こんな甘くて濃厚そうなものを食べて大丈夫なのだろうか。

「今日だけは母さんに許可もらってきた」

そう言って、ハルは店に寄っていき、早速メニューをのぞき込む。

私もハルの後に続いて店に近寄っていきながら、やっぱりスイーツを食べるだけでも許可がいるんだ、と少し気持ちが沈んだ。

「つむ、どれ？」

振り返るハルに不安そうな顔を見せないよう、私はぎゅっと唇の端を持ち上げた。

「私、イチゴとチョコカスタードに生クリームで」

「決めるの、早っ」

じゃあ、それふたつ、と店員さんに注文した後で、ハルは「女の子って、普通、もっとあれこれ悩むもんだと思ってた」と、冗談ぽく笑った。

その言葉が引っかかった。

当然と言えば当然だが、彼は私以外の女の子とも付き合ったことがあるのだろう。

私はその子たちと比べてどうなんだろう……。

会ったことのない女の子たちのことが、途端に気になり始める。

その女の子たちとはキス以上のこと、したのかな……。

勝手な妄想が膨らみ、見知らぬ相手に嫉妬さえ覚える。

「ハルって……」

「うん？」

無邪気にクレープを食べる姿も自分には不釣り合いにカッコよくて、『今までどんな子と付き合ってきたの？』なんて、口に出せない。

「ううん。なんでもない」

黙ってクレープをかじる。

「あー、あのさあ」

今度はクレープを完食したハルが、ビルの壁に背中をもたれながら口を開いた。

「え？　なに？」

ハルが言いにくそうに口ごもるのを見ると、なにか悪い話なんじゃないかと身構えてしまう。自分が彼に言えない秘密と劣等感を抱えているせいかもしれない。

「つむって、今までだれかと付き合ったことある？」

「な、ないよ。幼稚園からずっと女子校だったから」

自分が聞きたかったことを逆に尋ねられ、ビックリしながらも正直に答えた。

「ふうん。けど、女子校でも遊んでる子いるじゃん。いや、男子と付き合ってるから
って、〝軽い〟とかそういう意味じゃないけど」
その切り返しに、もしかして女子校の子と付き合ったことがあるんだろうか、とい
う疑惑が頭をもたげる。
「う、うん。そうだね。クラスにはボーイフレンドのいる子もいたけど、私の周りは
地味な子ばっかで……」
共学じゃない学校の地味子チームということを言い訳にしてしまった。モロにモテ
ない女子の発言だ。
「へえ、そうなんだ」
ハルは納得した様子だったが、ますます自分が不釣り合いな存在に思え、内心、自
己嫌悪に陥っていた。
そんな私に気づかない様子で、ハルはクレープの紙をくしゃっと丸めてゴミ箱に放
った。
「クレープ、うまかったろ?」
「え? あ、うん……」
本当は……自信を喪失しながら食べたクレープは、後半のチョコレート部分の味が
よくわからなかった。

相手が先に聞いてくれたことで少しだけ勇気が出た私は、「ハルは……ハルは今までどんな子と付き合ってたの？」と思い切って尋ねた。

「うーん……。いろいろ」

「ふ、ふうん。いろいろ……なんだ」

余裕の発言に、妙に納得してしまう。そして、これ以上聞けない。

「俺、あんまり好きなタイプとかないんだ。基本、告られた時にカノジョがいなかったら付き合ってみる、って感じ。付き合ってみなきゃ、どんな子かわからないし」

「ふ、ふうん。基本的には告られたらオッケー、なんだ……」

おうむ返しにつぶやきながら、かなり失望していた。

「けど、入院したり退院したりで、付き合い始めてもなかなかうまくいかなかった」

「そ、そうなんだ……」

つまり、私はちょうどカノジョがいない時期にピッタリはまったということなんだろうか。そういえば、長谷寺でも『この流れで付き合っちゃう？』なんて軽いノリだったような気がする。

わけもなくガッカリしながら、ハルの横をとぼとぼ歩く。

「入院中に自然消滅とか多かったな」

その時のことを思いだすようにしんみりと言うハル。

「自然消滅……」

『私なら毎日、お見舞いに行くけどな』と口に出しては言えなかった。これまで彼が付き合ってきた子たちを批判し、自分をアピールするような気がして。

「入院中は、あんまりこっちから連絡しないせいかな」

「どうして？」

自由に会えない時ほど、メールや電話をしたくなるものではないの？と思った。

「いつ退院できるかわからないのに、相手を束縛するのも悪いじゃん」

それを聞いて、彼が私の放課後や部活の心配をしていたことを思いだす。

「さて、今日のメインイベント」

不意に立ち止まったハルが、大きなファッションビルの前で宣言した。

ランチやクレープだけでも十分だったのだが、まだなにかあるのだろうかと不思議に思いながら彼について建物の中に入る。

「実は今日の一番の目的はこれだったんだ」

連れてこられたのはアクセサリーショップだった。

へぇ……。ハル、アクセサリーなんてするんだ。

ハルがストリート系のファッションに身を包み、ピアスやネックレスを身に着けている姿は、想像できなくもない。それはそれでサマになりそうだが、ちょっと彼らしくない。

「どれがいい？」

ハルが店の入り口で両手を広げる。なんでも選んでいい、と言わんばかりに。

「は？　私が選ぶの？」

「ちょっと遅くなったけど、つむのバースデープレゼント。一緒に選びたかったんだ」

「えーっ？　私の？　ホントに？」

うれしくて、気持ちが一気に舞い上がる。

「といっても、予算は一万以内でよろしく」

照れくさそうに頭をかきながら店の奥へと進むハルについていく。

壁一面にかけられたネックレスやブレスレット。ショーケースの中にはリングやピアス。その中で、私の目を引いたのはペアリングだった。その指輪は一個が五千円。ペアにすれば、ピッタリ予算内だ。

ハルとペアリングなんてできたら最高だろうな。

そんな妄想のせいで、目の前のリングから目が外せなくなった。

「へぇ。ペアリングか」

私の視線の先にあるリングに気づいたのか、ハルがつぶやく。そのままショーケースの中をじっと見入っているハルにドキドキする。

『これにする?』と言ってくれる奇跡を待ったのだけれど……。

「こういうのダメなんだ、俺」

「あ……」

驚くほどはっきり却下され、ショックだった。

だよね……。付き合ってる相手を束縛してしまわないように連絡を取らないでいるうちに自然消滅してしまうような男子だもんね。自分もペアリングなんかで束縛されたくないよね、ハルは。

ガッカリする私をそこに放置し、ハルは別のコーナーへ歩いていく。

「はぁ……」と思わずため息をついた時、彼が店の奥から手招きした。

「つむ、これ、どう思う?」

ハルが選んでくれるバースデープレゼントのアクセサリー。それだけで十分だ。

気を取り直し、彼の元へ行った。

「え?」

ハルが見ている奥のショーケースの中にもペアリングが並んでいる。

「俺、さっきみたいな合金はダメなんだ。金かプラチナの合金でないとアレルギーが出て」

ハルが贅沢な体質を打ち明ける。

「そ、そうなの？」

「仕方ない、予算オーバーだけど、こっちにしよ」

ハルが指差したリングには【K8】というタグがついている。いわゆる純金と別の金属の合金で、値段はさっき見ていた合金のリングの二倍以上だった。

「ペアリングになんて、しなくていいってば。私、ハルが選んでくれるものなら、ネックレスでもブレスでもなんでもいいから……」

「俺がペアリングにしたいの」

高い買い物を阻止しようとする私を見て、ハルがそう言ってくれた。

「これ、見せてください」

ハルが、近くにいた店員さんに話しかけた。

ティーン雑誌の読者モデルみたいなツインテールの彼女の目は、ハルに釘づけになっている。

「名前ってすぐに入れてもらえます？」

店員さんはハッとしたように「はい、すぐできます」と答えて、ショーケースのカギを開けた。

「純度は低いけど、多分これなら俺もつけれるから」

ショーケースを開けてもらいながら、ハルが私にほほえみかける。

「ハル……」

じわっと涙腺が緩みそうになるほどうれしい。

「ばっ。な、泣くな。泣いたら買わないぞ」

周りの目を気にするようにハルがキョロキョロしながら、泣きそうになる私をたしなめた。

その場で互いの名前を彫ってもらい、私は内側に【HARUKI】と名前が刻まれたリングを薬指にはめた。さりげなく目をやったハルの薬指にも、同じリング。私とおそろいのリングを見るその目は、なんとなく照れくさそうに見えた。

夢見てるみたい……。

ビルを出て、自分の手を太陽にかざし、指のリングにうっとりと見惚れた。天にも昇るような気持ちだ。

ハルの薬指にも【TSUMUGI】と彫られたリングがある。一緒にいられない時も、このリングを見たら、きっと私のこと思いだしてくれるよね。

「こっちは混んでるから、裏原で休憩する？」

どんどん人が増えていく通りを、さすがにうんざりしたように見ているハル。

「うん！」

人ごみの中を二時間以上歩き回り、さすがにハルも疲れた様子だった。

路地の木陰でミネラルウォーターを飲んでいると、ハルが「そろそろ鎌倉が恋しくなってきた」とつぶやく。彼の真っ白な腕に落ちる木漏れ日がまぶしい。

夕方の優しい風が吹いていた。

「そう……だね……」

声が沈んでしまわないように笑ってうなずいた。このまま時間が止まればいいのに、と願いながら。

「じゃ、帰ろうか」

空っぽになったペットボトルをゴミ箱に落とし、マスク姿のハルが目だけで笑った。

デートが楽しすぎて帰りたくないと思う気持ちをこらえ、ハルが外泊できる日はまだ六日もある、と自分に言い聞かせた。

帰りは品川(しながわ)から帰ることにして、私たちは原宿駅へ引き返した。

「つむは将来、なにになりたい？」

駅へと向かいながら、ハルが聞いた。

まったく考えていなかった。幼稚園の頃はケーキ屋さんか、お花屋さんになりたいと言っていた。が、今はこれといって夢はなく、大学を卒業したら普通のＯＬになるんだろうな、と漠然と思っている。

「まだ決めてないけど……」

そう口走った後で、かなりつまらない発言だったと気づいた。

「あ。でも、中学校の時は学校の先生になりたかった」

とっさに出てきたのは、だれでも一度は考えるようなありきたりな職業。

「マジで？」

なんとなく思いだして言ったのだが、ハルは感動したように私の顔をのぞき込み、ビックリしたような声で聞き返す。

「え？　あ、う、うん……」

今さら後には引けず、曖昧に返事をした。

「俺も！」

めちゃくちゃうれしそうな声だった。

「俺も学校、大好きだし、毎日、新鮮な発見とかありそうだし。できれば、中学か高校で国語を教えたいんだ」

「そ、そうなんだ……」

大好きな学校へ通えない、その時間を取り戻すように、先生になることを夢見ているのだろうか。

「つむは小学校教諭って感じだな」

「は？　わ、私だって、夢は高校の国語の先生だし」

子供扱いされたような気がして、売り言葉に買い言葉のような気持ちもあったが、それ以上にハルと同じ職場で働きたいという憧れがあった。

「へー。意外」

ハルはまだ笑っている。

「つむが高校の先生かあ……」

教壇に立つ私を想像するような目。

「ハルが国語の先生かあ……」

私も、ハルが背広を着て黒板にチョークを走らせている姿を想像した。

「きっと女子高生たちがキャーキャー言うんだろうな」

「うん。言うだろうな」

本人はジョークのつもりなのだろうが、私の目にはその光景がリアルに浮かんでいる。

大人になった彼は、絶対に自分の手が届かないような気がして、寂しくなった。

そんな私に、今度はハルのほうから「あ。じゃあ、約束しよ。一緒に北クラの先生になる、って」と小指を差しだす。

「うん！」

私は大きくうなずいて、彼の長い指に自分の指を絡めた。

久しぶりに出かけたせいだろう、ハルは電車の中で、私の肩にもたれかかるようにして眠ってしまった。

シャンプーの匂いかな……。

シトラス系の爽やかな香りを漂わせる髪の毛が、私の頬をくすぐる。

ふとハルの手元に視線を落とせば、開いたままの文庫本が落ちそうになっていた。

それをそっと彼の手から取って、表紙を見た。

『古都』……。

ハルが大好きな川端康成の世界的に評価の高い作品だ。

けど、デートの時にまで持参するなんて……。本当に好きなんだな。

ハルに肩を貸したまま、起こさないよう、静かに本のページをめくる。彼に感化され、私ももう何度読んだかわからない。

ストーリーは単純だ。

山村の貧しい家に双子の姉妹が生まれる。貧乏な両親はそのうちのひとりを京都の町に捨てるが、捨てられた娘、千恵子は老舗の呉服問屋のひとり娘として大事に育てられた。

やがて美しく成長した千恵子は、祇園祭の夜に、生き別れの妹、苗子と再会する。

ふたりは幸せな夜を過ごし、千恵子は苗子に、ずっとそばにいてほしいと訴え、裕福な呉服問屋の両親も、苗子を自分たちの子として引き取りたい、と言う。苗子はその言葉に感謝の涙を流す。

しかし、教養のない自分の存在が微塵でも千恵子の幸せの妨げになってはならない、と考え、苗子は翌朝、黙って消える。

かいつまんで言うとそれだけの話なのだが、読み進めていくうちに、圧倒的な文章力によって、自分がその時代、その土地にいるかのような気持ちにさせられる。そして、文豪の恐るべき描写力は、読むものを登場人物の心情そのものに引き込んでしまうのだ。

『こういう奥ゆかしさって、マジ切ない』

以前、ハルはしみじみとそう言った。

けれど、自分はどちらかと言えば、千恵子の考え方のほうがしっくりきたし、何不自由なく育ってきた自分に近い気がした。

『ハルは……こういう女の人が好き？　苗子みたいな』

恐る恐る聞いた私に彼は、『そうだな。好きだな。けど、時代が違うしな。こんな女性いないだろ』と笑った。

あの時、私を複雑な気持ちにさせた超本人は今、あどけない寝顔を向かいの車窓に映している。

しばらくすると、窓の外の景色が変わった。もうすぐ、私が降りる鵠沼の駅だ。

起こすのもかわいそうだし、どうしようかと迷っていた時……。

「つむ。ウチ、来る？」

目を開じたままのハルが聞いた。

「ビックリした。寝たふりじゃないよ。こうしてウトウトしてるの、気持ちよくて」

「寝たふりしてたの？」

ふふふ、と、やっぱり目をつぶったままのハルが心地よさそうに笑う。

ついさっきまでは平気だったのに、彼の意識が覚醒していると思うと、急にドキドキし始める。

もちろん、ハルの家に行ってみたい。けれど、『行きたい！』と即答するのも奥ゆかしくない。

なんと答えればいいんだろう、と迷っているうちに、先にハルが口を開いた。

「あ。そうだ。今、母さん、いないんだった。今日、遅くなるって言ってた」

つまり、行ってはいけないという意味なんだろうか。

「だれもいない時に行ったら、ダメ？」

残念な気持ちになりながら、そう尋ねていた。

このまま別れたくない……。

知らず知らずハルのシャツをぎゅっとつかむ。

「いいけど……。セリフの性別が逆だな」

「え？　性別？　どういう意味？」

「普通、男のほうが『だれもいない時に、家に行ったらダメ？』って、女の子に聞くんじゃね？」

「そう言われてみればそうかも……」

真面目に納得した私を、肩にもたれたままのハルがクスクスと笑った。結局、全然奥ゆかしくない、肉食系男子みたいな回答になってしまったようだ。

「じゃあ、由比ヶ浜までこのまま寝かせて」

密着している腕の感触と体温。自分の心臓の鼓動が伝わってしまうような気がして緊張した。

ハルの家は、由比ヶ浜の駅から細い路地を歩いて十分ほどの所にある洋館だった。

アメリカ生まれ、アメリカ育ちのハルのお父さんが、自分が暮らしやすいように設計士さんと一緒に考えたのだという。

「すご……」

鎌倉に多い、こじんまりとした古い民家と比べれば、豪邸と言っても過言ではない。

「家にお医者さんがふたりいると、こんな家が建つんだねー」

率直な感想だった。

「けど、意外と住みにくい。高熱費はムダに高いし、掃除は大変だって母さんが嘆いてる。普通のマンションのほうよっぽど合理的に快適にできてる、ってさ」

ハルがあきれたように言って肩をすくめる。

「あははは。二宮先生らしい」

玄関でくつを脱ぎ、リビングに入ると、ハルが「とりあえず、その辺、座ってて」とソファの辺りを指差す。

「あ、うん」

ふかふかのソファに座って天井のシャンデリアや、キャビネットに並ぶリヤドロの人形を見ている間に、ハルがキッチンでいれたコーヒーを運んでくる。

センターテーブルの上に置かれたシンプルなカップから香ばしい匂いのする湯気が立ちのぼっている。

ほっとするような香りと一緒に、カップを口に運んだ。

「おいしい」

いつもはミルクを入れないと飲めないのに、ブラックのままでも本当にまろやかでおいしいと思った。

「だろ？　俺、コーヒーいれるの、得意なんだ」

そう言いながらも、ハル自身はペットボトルの水を飲んでいる。やっぱりまだ普通の食生活はできないんだとわかった。

「じゃ、俺の部屋に行く？」

コーヒーの香りに気持ちを和ませていたところへ、ハルの言葉が不意打ちをかけてくる。

「う、うん」

表面的には落ち着いている自分を装っていたが、内心、心臓はバクバク音を立てている。

「俺の部屋、二階なんだ」

軽やかに階段を上がりながら、ハルが言う。

「ふ、ふうん。そうなんだ。てか、この家、二階建てだし、既に階段上がってるもんね、私たち」

私の指摘に、ハルが「だな」と肩をすくめる。

「変なハル」

いつになくおどけているように見える。

「実は俺、緊張してたりする」

「は？」

いつも自然体のハルが、自宅で緊張する理由がわからない。

「女の子を自分の部屋に入れるの、初めてだから」

「そ、そうなんだ……」

意外だった。けど、そう言われるとこっちまで緊張して、それ以上コメントできなくなった。

「ようこそ、夢と魔法のワンダーランドへ」

ハルは、日本一有名な遊園地のガイドみたいな口ぶりで自室のドアを開けた。が、中はいたってシンプルだ。

「全然ワンダーじゃないみたいだけど」

祖母の家の私の部屋よりは幾分広い。でも、中にあるのはベッドと勉強机、本棚とテレビ、と普通の高校生らしい室内だ。私の部屋と違うのは、本棚に収まっている本の数が多いことくらいだろうか。

「思ったより片づいてるね」

「そうか？　病院ばっかで、あんまりここにいないからかな」

皮肉なことを言って笑うハル。

「これ、見てもいい？」

部屋の中を見回して最初に興味を引かれたのは、本棚の一番下にある分厚い背表紙だった。ひと目でアルバムだとわかる。

「いいけど」

私はその返事を聞く前に本棚の前にしゃがみ込み、アルバムを手に取って開いてしまっていた。前から、私が知り合う前の彼に興味があったからだ。

「かわいい！　子供の頃のハル、お人形さんみたい」

「あー。小さい頃は今より、白人のグランマに似てたかも」

ハルが祖母の顔を思いだすように首をかしげる。

「うん。そんな感じだね」

ふたりでベッド脇のラグの上に腰を下ろし、ハルが生まれてから現在までの写真をのぞき込む。時々肩が触れ、ドキッとするのをなんとか隠した。

「あ。でも、ほら、中学生ぐらいからかなり日本人ぽいだろ？」

大判の集合写真に写る自分をハルが指差す。

「うーん……。どうだろ。でも、やっぱ背が高いし、彫りが深いから、集合写真でも全部笑顔だ。

目立つね」

「そうか？」

どのページをめくる時も、ハルは笑いながら説明してくれる。写真の中の彼も、全部笑顔だ。

けれど中には、病院のベッドの上でパジャマ姿にニット帽をかぶっている写真もあり、私は思わず目を伏せてしまった。

今日こそ、言わなきゃ。お父さんのこと……。

そう決心して最後のアルバムを閉じる。

「ハル……。あのね……。私、ハルに言わなきゃいけないことがあって……」

そう言ってから、真横に座っているハルの顔を見る。

「それ、今、聞かなきゃ、ダメ？」

なんだか気もそぞろな言い方を不思議に思いながらも、ハルが言っている言葉の意味がわからず、「え？」と聞き返した。

「この距離感、ヤバい」

「……距離……感？」

言われて見れば肩が触れ合うほどの距離で見つめ合っている。そのことにドキドキしながら、オウム返しに聞き返していた。

「今はなにか話すより、つむにキスしたい距離、って意味」

そう言って、ハルがマスクをとった。唇の端を引くようにしてほほえんでいる顔が接近してきた。

「い、いいの？　マスクなしで」

めちゃくちゃ緊張している自分を押し隠して尋ねた。

「もう我慢できないから」

それを聞いて、ますます心音が速まるのを感じた。

「けど……んっ」

初めてハルの唇の感触を、マスクというフィルターを通さずに感じた。ぎゅっと目を閉じると、彼の唇の柔らかさに意識が集中してしまう。

やがて、ハルの呼吸が遠ざかるのを感じて恐る恐る目を開けた。

「なんで、息止めてんの？」

顔を離したハルが笑っている。

「だって、私、ばい菌とか持ってるかもしれないじゃん」

「ムダだよ、息止めても」

「え？」

「今日はもっと深いキス、するから」

そう言って、いつもと違う妖しい光を宿す瞳が近づいてくる。

「で、でも……」

再び唇が触れた瞬間、また息を止めてしまった。

だけど呼吸しないことにも限界が訪れ、どうしていいかわからず、成りゆきに委ねた。

そうやって、繰り返し、数えきれないほどのキスをした。

「俺、つむのこと、ヤバいほど好き」

ぎゅっと抱きしめられ、その声をとろけるような気持ちで聞いた。

それから一時間近く、薄暗くなった部屋で、ハルの胸に抱きしめられたままじっとしていた。

薄いTシャツを通して感じるハルの心音は、速くなったり遅くなったりした。彼の鼓動が高まると、つられるように自分の脈も速くなるのを感じた。

けれど、ハルがそれ以上のことをする気配はない。

いざ押し倒されたりしたら間違いなく動揺し怖じ気づくくせに、キス以上のことを求めないハルがひどくもどかしい。

『俺はつむを自分のものにしたりしないよ。それで、万一、いや百万が一、アメリカとか行くことになったら、オニだろ』

ハルの言葉がよみがえる。

けれど、たとえ泣き暮らすことになったとしても、彼の記憶に残る女の子になれるなら、と思った。私は、彼と結ばれることで、ハルを自分だけのものにしたかった。

「そろそろ送ってくわ」

そう言って私の体を自分の胸から離す理性がじれったい。

「まだ、帰りたくない……」

意を決してそう言ったのに、ハルは「暗くなるから」と薄く笑う。

「もうちょっとだけ、一緒にいたい」

「ダメだって」

「なんで？」

「つむのお父さんの顔がチラつくから」

父親の存在を持ちだされた途端、熱が冷めたような気分になった。

「それに、あんまり遅くなったら、俺がつむを送った帰りに夜道で襲われるかもしれないじゃん」

ハルがつまらない冗談で、甘い空気を完全に破壊して立ち上がる。

ただひとり、ハルの部屋に入れてもらえた。それだけで十分なはずなのに……。

『帰りたくない』なんて、自分から誘うようなことを言ってしまった自分が恥ずかしい。そしてなにより、それを拒絶されたことが悲しい。

私は黙ってハルの後から部屋を出て、リビングへ下りた。


駅に着いた時にはすっかり陽が沈み、すず虫が鳴いていた。

「ここでいい……」

自分も切符を買おうとするハルにそう言って、私は隣の券売機にお金を入れた。

「なにか怒ってる?」

不思議そうに私を見るハル。

「お、怒ってなんかないよ。もっと一緒にいたかっただけ」

「だから、家まで送るよ」

「いいよ。雨、降りそうだから」

わけもなく、ぶっきらぼうな口調になる。

「雨なんか。降ってきたらコンビニで傘を買えばいいし」

「いいよ。帰りにハルが襲われたら困るし」

「…………」

私に言い返されたハルが言葉につまる。

「明日も会えるのに。変なつむ。じゃ。また明日な」

そう言って、送ることをあきらめたハルは券売機の前に立ったまま、私が改札を抜けるのを待っている。

ホント。変な私……。ハルが好きだと言った、『切ないほどの奥ゆかしさ』からはほど遠い女の子だ。

自分に幻滅しながら、切符を改札機に通す。

「つむ！　明日の朝、電話するから！」

背中に投げられたハルの声に振り返り、改札の向こうから小さく手を振った。だけど、うまく笑顔は作れなかった。

バカだな。私……。それに、お父さんのこと、話せなかった……。

すぐにホームに入ってきた気の利かない電車に乗り、帰っていくハルを見ながら、ため息をついた。

自宅に帰ると、すぐにメールを入れた。

【ハルー。さっきはごめんね。今日一日、マジで楽しすぎて、帰りたくなくなっちゃったんだー】

【許す】

間もなく届いたのは、そっけない返信だった。やっぱり怒っているのかもしれない。

不安になりながら、【ホント、ごめん】と繰り返して送った。

【怒ってない】

ハルから届いたそれを見て、いつもこんなに短い返事だっただろうか、と首をかしげる。

【明日、会った時、話したいことあるの】

明日こそ父のことを伝えよう、と思った。ハルは『そんなの関係ない』と言ってくれると信じて。

【了解】

またまた短文だ。

【ホントに怒ってない?】

恐る恐る尋ねると、【キレてないですよ】という、どこかで聞いたことのある物マネタレントのセリフ。

思わず噴きだしていると、ハルから続けて【おやすみ。また明日な】というメールが入った。

それだけで、私は安心して眠れた。

ところが、その翌日からハルと連絡がとれなくなった。

いくらメールを送ってても返事がなく、スマホを鳴らしてみても機械的な女性の声が『電話に出ることができません』と繰り返すばかり。

やっぱり嫌われちゃったのかな……。別れ際の私、態度がサイアクだったし。いや、それ以外にも、ハルの気にさわることをなにかやらかしたかも。

病院以外の場所で長時間一緒に過ごしたのは初めてで、そんな場面はいっぱいあったような気がする。思い当たることが多すぎて、嫌われた理由が特定できない。

どうしよう……。

不安に押しつぶされそうになりながら、それでも一日は我慢した。けれど、こんな状況でじっとしているのは、それが限界だった。

「会って、あやまろう」

具体的に自分のなにが悪かったのかはわからなかった。けれど、とにかく悪いところがあれば改めようと決心して、電車に飛び乗った。

ハルと歩いた夕べの記憶をたどり、由比ヶ浜の洋館を訪れた。

泣きそうになりながらインターホンを押したが、応答がない。

「先生もいないのかな……。まさか……」

ハルの体調が悪くなったのではないか、と直感して病院へ向かった。


「あ。藍沢さん」

三階の病室の前で、二宮先生と鉢合わせになった。

「ハル、どうかしたんですか？」

「退院二日目に熱発で、病院に逆戻りよ。ホント、あきれるわ」

両手を腰に当てた二宮先生が怒っているような口調で言い、力なく笑う。

「ウソ……」

自分とデートしたせいで体調を崩したような気がして、申し訳ない気持ちになる。

「大丈夫……なんですか？」

「うん。けど、大事をとって集中治療室なの。だから、しばらくは会えないわ」

「集中治療室……」

そこに突っ立ったまま、ボウ然とつぶやいていた。

「大丈夫よ。とりあえず、だから」

なんとか私を安心させようとするみたいに、二宮先生が笑顔を作る。

「おとといの夜、学会から帰ってみたら、調子悪そうにしてはいたんだけど。昨日の朝になって九度近い熱が出るとは思わなかった」

こういうことには慣れているのか、先生は飄々と笑っている。

「おとといの夜……」

デートした日の夜だ。

私の顔は、自分のものではないみたいにこわばって動かなかった。

「そんな顔しないで。本人は藍沢さんとのデート、楽しかったって言ってたんだから」

なぐさめるように言われたけれど、笑顔を作ることはできなかった。

「二宮さーん」

看護師さんに呼ばれた先生は、「じゃあね」と言って私のそばを離れた。

集中治療室……。

無菌室と違い、顔を見ることすらできないと知らされ、愕然としながら病院を出た。

『おとといの夜、学会から帰ってみたら、調子悪そうにしてはいたんだけど』

二宮先生の言葉がよみがえる。

私が謝罪のメールを入れた時、ハルはあの短文を返すのが精いっぱいだったのかもしれない。

ハル……。お願い。お願いだから、もっと私にも痛みを分けてよ……。

家に戻ってからも、気づけば薬指のリングを見つめ、ため息ばかりついていた。

ハルから電話があったのは、その二日後のことだった。

数学の宿題に集中し、なんとか気をまぎらわせている時、スマホがチャイムのような軽い音を立てた。

ハルの名前を見て、すぐさまスマホに手を伸ばす。

「ハルッ?」

『うん、俺』

ハルの声は、心なしか弱々しいものに聞こえた。

『今、ちょっとだけ治療室から抜けだして、隠れて電話してる』

その言葉だけで、時間がないことがわかる。

「ハル! 大丈夫なの?」

『俺、やっぱアメリカの病院に転院することになりそうだわ』

それを聞いただけで、ぶわっと涙が込み上げてきて喉がつまり、すぐに返事ができなかった。

「いつ、行くの?」

動揺しているのがバレないように必死で呼吸を整え、そう聞き返すのが精いっぱいだった。

『まだわからない。あっちの病院の受け入れ態勢が整ったら移る。あしたかもしれないし、もうちょっと先になるかも』

「そ、そうなんだ……。早くよくなって戻ってきてね」

あふれる涙をぬぐいながら、できるだけ明るい声を出した。この状況で、『行かないでほしい』なんて言えるはずがない。

『うん。ごめんな』

その声は、本当に申し訳なさそうに沈んでいる。

あやまらせてしまった。ダメな私はまた、体調の悪いハルに気を遣わせている。しっかりしなきゃ、と気持ちを奮い立たせた。

「スカイツリーの完成までには戻れるよね？」

なんとか明るい話題をふった。

『二年後だっけ？　うん。なんとかなるだろ』

「う、ウソ。向こうでの治療、そんなに長くかかるの？」

自分から提示した期限に焦る。

『冗談だよ。俺がそばにいない間、つむもがんばれよ』

最後は病人に励まされた。

『じゃ、またな』

「あ、待って……。ハル！　ハル！」

治療室から抜けだしたのをだれかに見つかったのだろうか、あわただしく通話が切られた。

その後、メールで何度メッセージを送っても返事はなく、ハルは集中治療室から出られないのだとわかった。

近いうちにハルがアメリカへ行ってしまうかもしれない……。

寂しさと不安が胸の中でぐちゃぐちゃに混ざっている。

ハル……。今度はいつ会えるの？

そこにいるはずのないハルに何度も呼びかけ、一晩中、泣いた。


次の日、なんとか学校へ行ったけれど、油断すると目から涙があふれそうになっていた。必死で気持ちを落ち着け、先生が板書した英単語をノートに書き写す作業に集中した。

放課後、会えないとわかっていながら、鵠沼で電車を降りず、藤沢まで行った。駅を出た足が勝手に病院の方へ向かう。

病院の中に入ると、わけもなく安心した。たとえ顔を見ることができなくても、今、同じ建物の中でハルと同じ空気を吸っているのだと感じられたから。

「すみません。集中治療室の二宮陽輝さんには面会できないんですよね？　メッセージだけなら伝えてもらえるんでしょうか」

ナースステーションで尋ねると、若い看護師さんが引っ込んで、キャップに黒いラインがふたつ入っている看護師さんが出てきた。

「藍沢紬葵さんですか？」

まるで私が来ることを予想していたかのような口ぶりで確認される。

「あ、はい。藍沢です」

返事をすると、看護師さんは気の毒そうに微笑した。

「陽輝くん、今朝、転院されましたよ、アメリカの病院に」

「え？」

「あなたが来たらそう伝えてくれと、陽輝くんのお母様に頼まれました」

「今朝？」

たしかに電話では、渡米は受け入れ先の病院次第だ、というようなことを言っていた。

けど、こんなに早くアメリカへ行っちゃうなんて……。

ひと目だけでも会って、言葉をかけたかった。『待ってるからがんばって』って。

登校する前に始発で駆けつければ、会話は無理でも、空港へ移動する車に乗る姿ぐらい見られたかもしれないのに……。

「ハル……」

デートの後、別れ際に見せた自分の態度や表情にかわいげがなかったこと。そして、父のことを打ち明けてあやまれなかったこと……。

それらへの後悔で、胸がつぶれそうだった。


そして翌日、二日間学校に来なかった二宮先生も、校医を辞めて渡米したことを知った。

「これ、藍沢さんに二宮先生から」

担任の織戸先生から手渡された手紙には、アメリカで治療するハルの看病に専念するというようなことが書かれており、最後に、【親子ともどもお世話になりました】という一文で締めくくられていた。

手書きではなく印字された活字のせいだろうか。なんだか事務的で、私を突き放すような冷たさを感じた。

「二宮先生、もう帰ってこないつもりなのかな……」

ご主人もアメリカにいるのだから、その可能性は高い。

けど、ハルは帰ってくるよね？

頭の中に、ハルとふたりで登るスカイツリーを思い描いた。そうしなければ、寂しすぎて、おかしくなってしまいそうだった。

ハル……。

じっと薬指のリングを見つめる。彼が選んでくれたそのリングにそっとキスを落とすと、彼の笑顔が鮮明に思いだされた。

それからも、不安になった時にはリングに口づけして、なんとか気持ちを立て直した。

不安と寂しさでどうにかなってしまいそうだった九月の最終週をなんとかやり過ごし、迎えた十月。

ハルがアメリカに行ってしまったことで、すっかり無気力になってしまった私は、授業に身が入らず、宿題もしなくなった。

心がおかしくなっていたのかもしれない。授業態度を注意されたり、宿題を提出なかった教科の先生に叱られたりしても、なんとも思わなかった。

学校へも行きたくなかったが、他に居場所のない私は、朝になると機械のように学校へ行き、授業中もひたすらハルの病気が治ることだけを祈っていた。

誕生日に一緒に下校して以来、再びリコちゃんが声をかけてくれるようになったが、どうしてもうまく笑えない。それでも、なんとか彼女の話に相づちを打ち、必死で返事をしているのは、彼女との友情を取り戻してくれたハルの気持ちに報いるためだったような気がする。

そんなある日の放課後。

「藍沢さーん。これ、学校宛てに届いたんだけど」

担任の織戸先生が、一通の封筒を手渡してくれた。白い封筒の表に、学校の住所と私の名前がローマ字で書かれている。そして、そばには赤い枠で囲まれた文字。

ユア・アイズ・オンリー……。親展……？

「私宛ての手紙が学校に？　なんで？」

不審に思いながら封筒を見ると、送り主は【HARUKI NINOMIYA】となっている。

私の鎌倉の住所を知らないハルが、先生に学校の住所を聞いて送ってくれたのだ、と直感した。

「ハル！」

急いで指でちぎり、封を切る。ハサミで綺麗に切るような余裕はなかった。

その文字を見ただけで、気持ちがほころぶのを感じる。

【つむへ】

【元気ですか？　俺は元気です】

そこまで読んで、涙が出るぐらいホッとした。

元気なんだ……。アメリカでの治療、うまくいってるんだ……。

【急にこんなことになってごめん。こっちの病院の中はスマホが使えなくて手紙しか書けないけど、俺はどこにいても、つむのことをずっと想ってるから。

だから、つむは安心していろんなことにチャレンジして、普通に青春してください。

そして今度会った時は、いっぱい楽しい話を聞かせてほしい】

ハルの書いた言葉の一つひとつが目から入って心に沁みる。

【今はまだ、病院もあちこち回されてて、母さんもホテル暮らしで、住所が定まらない状況です。住所が決まったら、知らせます】

こういう手紙を書き慣れていないからなのか、それとも疲れているからなのか、とても短い便りだった

しかし、最後には……。

【つむ。忘れないで。すべてのことは、願うことから始まるということを】

しっかりした文字で、そう書かれていた。

私は便せんをたたんで封筒に戻してから、もう一度、『すべてのことは、願うことから始まる』という言葉をかみしめる。

今度ハルに会うまでに、川端康成の『古都』に登場する苗子のような芯が強くて奥ゆかしい女性になっていたい。

心からそう願った。

ハルからの手紙を受け取っただけで、色を失ったようになっていた目の前の景色が、鮮明に色づいたような気分だった。

次、いつ会っても恥ずかしくない毎日を送らなきゃ。

ハルからの手紙を読み終わった時、私の中に、どこかで彼に見守られているような安心感が広がった。

ハルは治療さえ終われば帰ってくる、と確信した私は、その日を境に自分でも驚くほど変わることができた。


「あのぉ……。読書クラブに入部したいんですけど……」

手紙を受け取った翌日には、さっそく部室に顔を出した。

「わ、二宮くんのカノジョだ」

ハルのお見舞いに来ていた三年生の女子が、私のことを覚えていてくれた。その先輩に、「入って、入って」と部室に招き入れられ、他のメンバーと一緒にテーブルを囲む。

ハルが退学して、部長代理から部長に昇格したというリュウジくんが、「ちょうどよかった。今、読書旅行の行き先を考えてたところでさ。部費も余ってるし、今回はちょっと遠出をしようと思ってるんだ」と、ミーティングの途中経過を説明してくれた。

「どこか、リクエストある？」

「どこでもいいんですか？」

そう尋ねながら、手渡されたプリントの中、過去二年分の校外活動一覧を眺める。

それぞれの活動の参加者欄には、【二宮部長】の名前がちらほら。ハルが聖地巡礼した場所を知ることができただけでも、読書クラブに入ってよかったと思えた。

「うーん。北海道とか沖縄とか、飛行機を使わないと行けないようなトコは無理だけど、本州ならなんとかなりそうかな」

「じゃあ、京都はどうですか？　祇園と北山とか」

真っ先にそれを思いついた。

「おおっ！　川端康成の『古都』の舞台か！」

「どうせなら祇園祭の時期に行きたかったなぁ」

さすがに読書愛好家のメンバーだ。全員がすぐにピンとくる。

その後も、読書好きの仲間といろいろな本の話で盛り上がり、時折、一年生の頃のハルの様子も聞くことができた。

「クラスの女の子の半分は二宮くんのファンだったわ」

三つ編みにしたおさげがトレードマークの聡明そうな先輩が教えてくれた。

そんな話を聞くと、私、そんな人気者の男子と付き合ってた……いや、今も付き合ってるんだ、とやけに誇らしい気分になった。残念ながら、校則に引っかかるので、ハルに買ってもらったリングはひっそりポケットの中だけれど。

それからは、部活のある放課後がだんだん待ち遠しくなった。

京都旅行までにハルがアメリカから戻ってこれたらいいのに……。そしたら、『この旅行、私が企画したんだよ』って自慢するのにな。

元気になったハルと一緒に小説の舞台となった土地をめぐる日を夢見た。

アメリカから届いたハルからの手紙によって、私の高校生活は充実したものに変わっていった。

最終章　君がくれた翼

あの日から六年近くが経った今も、ハルからの手紙は一カ月に一通のペースで学校に送られてきている。

けれど、いつまで待ってもアメリカの住所は知らせてこず、私の東京の住所を知らせる術はなかった。

郵便局に依頼して学校へ届く手紙を自宅へ転送してもらうことも考えたのだが、転送してもらえる期間は二年間に限られていると言われ、大切な手紙が急に届かなくなることを怖れて断念した。

『それぐらいお安い御用ですよ？　フォッフォッフォッ』

卒業式の日にそう言ってくれた校長先生の厚意に甘えた。

そして、ハルからの六十七通目……つまり北鎌倉学園に赴任して初めて届いた手紙は、東京へ転送される前に校長室で受け取った。

ハルからの手紙を受け取る時、有効期限の切れたお守りを新しい物に取り換えるような安心感に満たされる。

「ありがとうございます。今月からここで受け取らせてもらいますね」

校長先生にお礼を言って、そのまま校舎の屋上へ上がった。

待ちきれない気持ちを抑えつつ、慎重に封を切る。

【つむ。元気ですか？　俺は今日からキツめの治療に入ります。けど、これを乗り切ったら、一時退院できるかも】

最初に書かれていた近況を読んで、ハルが私との面会を拒んでいることを二宮先生から伝えられた日の記憶がよみがえる。

ハルが私に会いたがらなかったのは、弱っている自分を見せたくないという理由だった。それでも、私の十七歳の誕生日、彼はつらいはずの治療の合間に電話をくれたっけ……。

今さらながら、その強さと思いやりの深さをかみしめて、手紙を読み進める。

【つむが先生になって一カ月だね。学校はどうですか？　図書室は？　読書クラブは？

今度会った時には、学校の様子を聞かせてください】

それを読んで、この学校に来てからの私には、まだハルに報告できるようなことがなにもないことに気づく。

まだ赴任して一カ月足らずということもあるが、いい先生になるどころか、毎日のことで手いっぱいだ。図書室にも初日に行ったきりだし、部活のことなどなにもわからない。やっと副担任の仕事や授業の進行に慣れてきたところなのだ。

ハル。私、まだまだ全然ダメだよ。

理想と現実とのギャップにへこみそうになる私を、ハルからの名言が励ます。

【どんなに遠いと思える目標でも、『すべてのことは、願うことから始まる』。たとえあした、人類が滅亡するような危機的状況にあっても、今、できることから始めよう。まずは、理想のあした、理想の自分を思い描くことから】

人類滅亡か。今の私の場合、そんなスケールの大きな危機でもないんだけどね……。

ただ、自信がないってだけで。

ハルの手紙を読むと、自分がひどくちっぽけなことでウジウジしているように思えてくる。

よし。まずは願うことから始めよう。私はいい先生になりたい、って。

ありがとう、ハル。

パンパンと軽く自分の頬をたたき、気合を入れた。

その翌週、職員会議で来年度のクラブ活動の再編について話し合われた。

「では、山内(やまうち)先生の定年退職に伴い、九月末をもって読書クラブは廃部(はいぶ)ということでよろしいでしょうか?」

司会の木村教頭が職員の顔を見渡す。

「……え？」

議題が多すぎてノートへのメモが間に合わず、話の重大さに遅れて気づく。

これって、ハルが創り、かつて自分も所属していた思い入れのあるクラブがなくなるっていう議題だったんだ。

「ちょ、ちょっと待ってください！」

思わず立ち上がっていた。

「教頭先生。この学校、朝読にもずいぶん力を入れているのに、どうして読書クラブが廃部なんですか？」

「人気がないんですよ。部員は年々減って、今や三年生が二名だけですよ？　その子たちも二学期辺りから本格的に受験態勢に入りますからね。彼らの卒業を待つまでもなく、どうせ九月以降は活動休止状態になるんですよ」

木村教頭が事務的に答える。

「そんな……。じゃあ、部員を集めればいいんですか？」

「それはそうですけど……。後任の顧問に手を挙げる方もおられないし……」

「顧問は私がやります！　部員も私が集めます！」

後先考えずに立候補してしまった。

木村教頭の中では既に廃部が決定していたのだろう。いかにも迷惑そうな表情だ。

「あのね、川原先生。読書クラブは校外活動もありますし、新任の先生だけに任せることは難しいんですよ」

木村教頭が説得するように続ける。

「でも……」

私以外に発言者はなく、時計の針の音だけが静かな職員会議室に響く。

でもここで引き下がるわけにはいかなかった。ひとり、会議室の中で突っ立ったままでいると……。

「ほな、俺が副顧問、やりますわ」

沈黙を破り、手を挙げてくれたのは教育係の松崎先生だった。

「え？　しかし、松崎先生はバスケ部の顧問じゃないですか。秋には全国大会も控えてるし。学年主任と教務主任もお願いしてるし、これ以上はちょっと……」

松崎先生の立候補を思いとどまらせようとでもするように、木村教頭が言葉を重ねる。

北鎌倉学園の男子バスケット部は神奈川県でも有数の強豪チームだ。この学校の自慢であり、誇りと言っても過言ではない。その顧問ともなれば、『負けさせられない』という重責が常にあるはずだ。

それなのに松崎先生は、「バスケのほうは他にコーチがふたりもおるし、要は読書クラブが校外活動する時だけ同行すればええんでしょ？」と、ぶっきらぼうな言い方だが、強く反論してくれた。

ひとりでも存続に賛成してくれる教師がいてホッとする。

「そうですか？　仕方ないですね。では、とりあえずこの件は保留にしますけど、九月末日までに部員が集まらなかったら、予定通り廃部ですからね」

木村教頭が忌々(いまいま)しそうに言った。どう見ても、つぶしたがっている。弱小クラブの部費を削って、よその部活動へ回したいのかもしれない。

「松崎先生、ありがとうございました」

会議の後、職員室に戻り、改めて松崎先生にお礼を言った。

「ええけど。なんで、そない読書クラブにこだわんの？」

「え？」

読書クラブの趣旨(しゅし)に賛同して副顧問に手を挙げてくれたわけではないらしい。

「じゃあ、なんで副顧問やってくれるんですか？」

「君、教頭相手に引き下がりそうもないし、あれ以上、こう着状態が続いたら、職員会議、長引くやん？」

副顧問を引き受けてくれたことはありがたかったが、その理由には失望した。

「松崎先生。本の力って、本当に偉大なんです。自分がどんな逆境にあっても、読んでる間は別世界を浮遊できるじゃないですか」

　そんな私の力説にも、松崎先生は「うーん」と首をかしげる。

「それがようわからへんねん。別世界を浮遊するための読書なんて、部活としてやらんでも、各自が自宅や図書館でできるやん？」

「それだけじゃダメなんです。同じ本を読んで共感したり、違う感想を持つ人の意見を聞いたりすることに意味があるんです」

　そのほとんどはハルからの受け売りなのだが、読書クラブの意義を語り始めると、止まらなくなった。

「たとえば、この学校の近くにも太宰 治や川端康成の小説の舞台になった所があります。そこを歩くと、別世界だったはずの空間がめちゃくちゃ身近に感じられるんです。そんな感動を同じ文学ファンのみんなで共有することに意義が——」

　熱く語る私の言葉を、途中で松崎先生が遮った。

「わかった、わかった。はいはい。わかりました。やると言ったからには、副顧問は引き受けるんで、その文学ファンとやらいう絶滅危惧種みたいな学生集めのほうはよろしく」

　生徒たちの学活ノートをトントンと机の上でそろえて胸に抱き、すらっとした後ろ姿が忙しそうに職員室を出ていった。

翌日、各教室の掲示板に部員募集のチラシをはったが、生徒たちの反応は薄かった。

放課後は図書室へ行き、新刊入荷のお知らせの横にも募集のチラシを貼ってもらった。

「絶滅危惧種だなんて、ちょっと言いすぎよね。図書室を利用してる生徒がこんなにたくさん……」

ぶつぶつ言いながら改めて室内を眺めると、純粋に本を読んでいる生徒よりも、自習している生徒のほう多い。定期テストが近くなり、学習室がいっぱいになると、こっちへ流れてくる生徒が増えるのだそうだ。

まだ中間テストの時期でもないんだけどな……。

「文学に興味がある子って、松崎先生が言うように日本オオカミとか黒サイみたいな存在なのかなぁ……」

思わずひとり言を漏らしてため息をつきながら、再び図書室にいる生徒たちを見渡す。

「あ……」

奥の席にひとりの男の子が座っていた。

先生として初めて学校へ来た日、私の自己紹介の最中に具合が悪いと言って保健室へ行ってしまった男子だ。

名前は、高村諒真（たかむらりょうま）。端正な顔立ちをしていてクラスでも目立つ存在だが、家庭環境に問題があって、そのせいかどうかはわからないが、入学当時はトップだった成績が現在は低迷していると、松崎先生から聞いた。

足音を忍ばせて近づいたつもりだったが、私が声をかける前に高村くんが本から顔を上げる。

そのうっとうしそうな表情にひるみそうになりながらも、勧誘してみることにした。

「高村くん。えっと……。読書クラブのチラシ、見てくれた？　君、よく図書室に来る？　もし読書が好きなら――」

「部活はやらない」

私の言葉を途中で遮ってはっきりと拒否し、パタンと本を閉じて立ち上がる。

「だよね……」

しょんぼり肩を落とした時、ブーン、ブーン、と彼のスマホが震えた。

「――ああ、わかってるって。すぐ帰る」

しゃべりながら慌ただしくカバンをつかみ、図書室を出る高村くんを見送る。室内での通話を禁じる張り紙も目に入らないほど急いでいるようだ。

その後も、めげずに他のテーブルにいる生徒たちにも声をかけてみたが、「放課後は塾（じゅく）がある」とか「家の手伝いをしている」とか、適当な理由をつけて断られた。

「ダメかあ……」

勧誘初日にしてくじけそうになりながら、私は肩を落として図書室を出た。

結局、読書クラブ存続のメドも立たないまま、五月も半ばを過ぎた。

タイムリミットまで四ヵ月ほどだが、学級運営の準備や覚えることが多すぎて、なかなか部活のことにまで手が回らないのが現状だ。

「フォフォフォ。はい。川原先生。今月のラブレター……フォフォフォフォ……」

あいかわらず、語尾が不明瞭な校長先生から手紙を受け取った。

【つむ。元気ですか？　俺は今、病院でキツめの薬にヤラレてます】

珍しく弱音から始まっている手紙を、今回も屋上のフェンスにもたれながら読んだ。

【こんな時でも、考えるのはつむのことばかりです。ちゃんと先生やれてるのか、同僚や上司の教員たちとうまくいってるのか、なんて。つむのそばにいて守ってやれないもどかしさを感じています。そして、やっぱり、いつもそばにいてくれるだれかには敵わないのかな、とか……】

ハルらしくない気弱な言葉だ。それなのに……。

【ま、俺ほどイケメンで包容力のあるヤツなんて、そうそういないと思うので、それほど心配していませんが】

今度はいきなり自信満々の展開に、『いったいどっちなんだ?』と首をかしげる。

【先生の仕事は大変だと思うので、がんばりすぎず、時には周囲の人間を頼ってください。つむを支えてくれる人が必ずいます】

ハル……。いったいどうしたの?

これまでの手紙は、私とハルだけの世界だった。周りにいる人の存在について触れられたことはない。そこへ六十八通目にして、急に第三者の存在を投入され、とまどう。

ハルが私をだれかに託そうとしているような気がして、気持ちが沈みそうになった。

そして、続く言葉も今日はなんだか手厳しい。

【どんな先生になりたいか、しっかりした自分の理想がなければ、楽なほうへ流される。そしたら、平凡な教師の群れの中に埋もれるよ】

そのメッセージはこれまでになく、私を叱咤するような厳しい言葉のように感じた。そこには、早く私に一人前になってほしい、という焦りのような願いが込められているような気もする。

ハル。体がキツい時まで心配させてごめん。

自分の気持ちで手いっぱいになり、周囲への配慮がなかった六年前の自分を思いだす。

ごめんね、心配ばかりさせて。でも、もう私はひとりでも大丈夫だから。

心の中であやまりながら便せんを裏返し、そこにいつもの言葉が書かれているのを確認した。

『すべてのことは、願うことから始まる』

彼が一番好きな言葉を今回の手紙でも私に贈ってくれたことにホッとしていた。


六月に入ってすぐ、市内の居酒屋で新任教諭のための歓迎会が開かれた。

年度の始まりである四月、五月は忙しいため、歓迎会はいつも六月に入ってから行われるのだという。

思いのほか参加者が多く、八畳（じょう）の和室が二十人ほどの職員でいっぱいになった。

「川原先生、こっちこっち」

木村教頭に手招きされ、松崎先生と並んで指示された座布団に座った。

「席、替わろか？」

座った途端、松崎先生が言う。

「はい？」

意味がわからず、聞き返したところへ、「まー、まー。今日は先生の歓迎会なんだから、飲んで飲んで」と、木村教頭がビール瓶を持ち上げる。

「あ、ありがとうございます。でも、あまり飲めないので……」

そう言っているにも関わらず、私のグラスになみなみとビールが注がれる。

「教頭先生、今夜はあんまり飲みすぎんといてくださいよ?」

松崎先生が笑いながら釘をさした。

和気あいあいとしたムードの中で宴会(えんかい)は進んでいく。

「松崎先生って、鎌倉に住んで何年ぐらいなんですか?」

大皿の刺身(さしみ)に箸を伸ばしながら、なにげなく聞いた。

「大学でこっち来たから、かれこれもう十年目になるな。バスケの盛んな学校へ行きたくて、教育実習も北クラを希望したんやけど、俺が卒業した年は教員の募集がなくて……。二年ほど都立高校で教えた後、やっと北クラに体育教諭の空きが出て」

「十年目……。言葉って抜けないものなんですね」

すると松崎先生は、グラスのビールを飲み干してから「ハハハ」と笑った。

「俺は地元を愛してるから」

冗談ぽく胸に手を当てて答える。

「それなのに、よく関東の学校に就職しましたね」

「実は大学在学中に遠距離だった地元のカノジョにフラれまして」

なぜか急に敬語を使っておどける松崎先生。

「あー。それで帰りたくなかったわけですね、思い出がたくさんある関西には」

「ははは。図星。けど、俺は当時のカノジョよりも、自分の故郷よりも、バスケを愛してたから、全然寂しくはなかった」

そう強がるように言った松崎先生は、北クラに赴任した当時からずっとバスケ部の顧問をしているのだという。当時は北クラの運動部全体が低迷していて、自分が赴任した年から部員を鍛え上げ、二年目に国体で優勝したのだと誇らしげに語った。

「古豪(こごう)復活！　なんて、新聞にも書き立てられて、うれしかったなあ」

腕組みをしてその頃を懐かしむようにほほえむ。

「松崎先生。相当好きですね、バスケ……げ？」

その時、木村教頭の手が私のスカートの上に乗っているのに気づいた。厚めの布の上からでも、生暖かい手のひらの温度を感じる。

「ウソ……」

「せやから、席、替ろかって言うたやろ？」

またか、というように、うっとうしそうな顔をする松崎先生。

どうやら、木村教頭は酒グセが悪いらしい。

「俺、そっちへ行くから、君はトイレにでも行くふりして戻ってきたら俺の席に座りや」

私に助け舟を出すように立ち上がりかける。

不意に、今回のハルの手紙から感じた焦りのような空気を思いだした。頼りない私をそばにいて守れないハルのイラ立ちを。

私がしっかりしなきゃ。

「大丈夫です。自分で対処できますから」

私は腰を上げかけた松崎先生の申し出を断って、木村教頭の手の甲をつまみ、自分の膝の上から排除した。

今日届いたハルからの手紙に反発したわけではないが、今はもう自分のことは自分で守れるという自負があった。

「イテテ……。あれ？　僕の手、そんな所に乗っかってた？」

木村教頭の顔は赤く、目はトロンとしている。職員室で見る時とは別人のようだ。

「はい。思いっきりさわってました」

「さわったんじゃないよ。手が勝手に移動して川原先生の太ももの上に乗っかってたんだよ」

「恐ろしくザツな言い訳ですね。笑えません」

あからさまなセクハラをしておいてしらばっくれる態度に、こっちもケンカ腰になる。

「もー、冗談だって。けど君、怒った顔もかわいいねえ」

木村教頭がニヤニヤしながら、今度はしなだれかかってきた。

「ちょ、ちょっと、教頭先生！」

のしかかられ、横倒しにされそうになった時、木村教頭と私の肩がぐいっと引き離された。

……え？

振り向くと、いつの間にか後ろに松崎先生が立っていた。

「オッサン、ええ加減にせえよ」

そのドスの利いたひと声で、座敷の空気が凍りつく。

しかし松崎先生は、自分の言葉でみんなをシンとさせておいて、なぜか自分自身が驚いたような顔をして、「あっ！」と両手で自分の口を押さえた。

「うわ。なんや、コレ。すみません。口が勝手に開いて、声帯が勝手に振動しました」

真剣な顔で木村教頭のセリフをそのまま引用した後、松崎先生はヘラッと笑った。

他の教員たちも木村教頭の酒グセの悪さに辟易していたのか、溜飲が下がったような顔をして爆笑する。

そして、松崎先生はなにもなかったかのような顔で、急に馴れ馴れしく木村教頭の肩をもみ、「教頭センセー。勘弁してくださいよお。僕、この前も、家まで送っていった時、奥さんから『飲ませすぎです！』って、めっちゃ怒られたんですからあ」と、私と教頭の間に割って入った。

「ま、松崎先生、冗談だよお。奥さんとか、そういう名詞、酔いが冷めるからやめてよお」

バツが悪そうに笑った木村教頭だったが、『奥さん』という単語が効いたのか、急に態度が大人しくなった。

ふだん第三者の目を意識し、模範にならなくてはいけない職種の人間ほど、酔って羽目を外す人が多い、と聞いたことがある。教師や医者や法律家など、人から『先生』と呼ばれる職業の人間ほど酔うとタチが悪い、と。

ダメだ。ハルの心配した通りになってる。結局、松崎先生に助けられてしまった。

ホッとしつつも、なんとなく情けない気持ちになりながら、松崎先生が木村教頭をなだめている横でひとり、小鉢をつついた。

宴会が終わると、全員で駅までゾロゾロ歩いた。木村教頭は早々に駅のタクシー乗り場へ連れていかれ、後部座席に押し込まれた。

「はあー。やっと片づいた。じゃ、二次会に行きましょうか。川原先生も、もう一軒、行きましょ」

松崎先生が額の汗をぬぐうような仕草をしてから、私の方を振り返った。

気がつくと、切符売り場の前で、このまま帰宅するメンバーと、二次会へ行くメンバーとに分かれている。

「あー。私、帰ります」

教頭のセクハラを自分でうまく対処できなかったせいか、なんとなく気分が乗らない。

「ほな、送ろか？」

松崎先生の心配そうな顔が、今日はつらい。

「いえ、大丈夫です。ひとりで帰れます」

きっぱり断って切符を買った。

無理をして突っぱっているように見えたのか、松崎先生は心配そうな目で私を見送っていた。

「さて、いよいよ来週は、今年度初めての参観日です」

翌日の職員会議の席、木村教頭は昨日の酔っぱらい事件などなかったような顔をして、議事を進行していた。

参観日といっても、副担任の私には授業の冒頭で保護者に挨拶し、授業中は教室の隅に待機して集中力のない生徒に注意を与えるくらいの仕事しかない。しかも、一回目の参観日は担任が指導する授業と決まっているので、体育ということになる。

副担任として、どうやってフォローすればいいんだろう。なにしろ、私はあまりスポーツが得意ではない。

そんな私の悩みも知らず、私との打ち合わせで松崎先生は、「そら、バスケやろ」と、当然のように授業の内容を決めた。

「多分、俺、生徒たちよりもお母さん方の熱い視線を一身に浴びてしまうなあ」

本人は冗談のつもりで言っているのかもしれないが、本当にそうなってしまいそうで怖い。

というのも、前回の体育の授業で、『ドリブルしながらディフェンスをかわし、シュートを決める』という練習のお手本を見せた時、そのキレのいい動きに女生徒がきゃあきゃあ騒いだ。

いつも飄々としている松崎先生とは別人のように好戦的な眼差し、そして豪快なダンクシュートに、私でさえも見惚れた。

「松崎先生。本気でそう思っておられるんなら、バスケじゃなくて、別の競技にしたほうがいいんじゃないですか？　参観日は生徒が主役ですし」

バスケットをやるとなれば、私が女子のほうを見なければならなくなる。けれど、よりによってバスケットは、球技の中でも私が最も苦手とする種目だ。

なんとか別のメニューにできないものかと食い下がる。

「ほな、水泳にしよか？　北クラ自慢の室内プール、ＰＴＡに見せられるし、教頭先生が喜ぶで？」

そのひと言で、学校のプールサイドに立つ自分の水着姿を想像する。

「無理です……じゃなくて、バスケでけっこうです」

結局、運動オンチの私には、これなら、という種目がないことを思い知らされ、がっくりとうなだれた。

苦渋の選択をし、毎朝ランニングをして参観日に備えたのだが……。

当日、やはり生徒たちの速さにはついていけず、審判をするだけでヘトヘトになった。

——ピーッ！

鋭いホイッスルが鳴って、試合形式の授業が終わった。

約一時間の授業見学の後、見学の保護者たちが体育館を出ていく。その時……。

「この授業を見て、どこをどう評価しろって言うんだ」

ぞろぞろと去っていく一団の中で、明らかに不満そうな声を出す父親らしき男がいた。

「あれが高村諒真の父親や」と松崎先生が、まだブツブツ言っている男性の方に目を向けた。

いかにも神経質そうな人だ。たしか、エリート官僚だったっけ。それにしても……。

「松崎先生、すごいですね。保護者の顔、ちゃんと覚えてるんですね」

本当に関心しながら見上げると、松崎先生は「まさか。俺の記憶力、ナメんなよ？」と真面目に言い返してくる。

「はい？」

「諒真の父親、よう学校へ来るねん。先週も、息子の成績が下がったのは教え方が悪いからやって、俺んとこにクレーム言いに来てん。嫌でも覚えるわ」

面倒くさそうに言う松崎先生。

「うわ、高村くんのお父さん、モンスターですか。それでどうなったんですか？」

「校長がなんとかなだめて校長室へ引っぱり込んでくれたんやけど」

おっとりと笑っているイメージしかない校長先生の意外な行動力。口の立ちそうな高級官僚にどう対処したんだろうか、と不安になる。

「それで、校長先生はなんて言って納得させたんです？」

「さあ……。校長室からはフォフォフォッていう笑い声しか聞こえんかったから。けど、しばらくして諒真の父親は首をかしげながら校長室から出てきて、『今後はしっかりお願いしますよ』っていう捨て台詞を残して帰りよった」

「多分、校長がなんて言ってるのか聞き取れなかったんでしょうね。なにを言ってるのかよくわからないっていうのも、時には役に立ちますねぇ……」

「まったくや」

ふたりでしみじみうなずいてしまった。

「そういえば松崎先生、前に高村くんの家庭環境には問題があるって言ってましたよね？」

松崎先生がバスケットボールを丁寧（ていねい）に拭いてから片づけているのを手伝いながら聞いた。

「ああ。同じ町内に住んでる生徒の話やと、夜、犬の散歩してたら、諒真の家からものすごい怒鳴り声が聞こえてくるねんて」

「え？　まさかＤＶなんじゃ……」

「いや、暴力沙汰なんか起こしたらソッコーでクビが飛ぶ高級官僚やから、さすがに蹴ったり殴ったりってことはないらしいわ。けど、言葉の暴力のほうが深く傷つくこともあるやろ」

言葉の暴力……。それがどんなにつらいことか、私が一番よくわかっている。

「だからか、諒真は父親のこと憎んでるみたいや。プライドの高い子やから、聞いても詳しいことは言わんけど、『あんなヤツ、死んでくれたらいいのに』って吐き捨てるように言うたこともあった」

「お父さんのことを……」

彼と同じ年だった頃の自分と重なる。

教室で息を殺し、幽霊みたいに過ごさなければならなかった頃、お父さんなんかいなくなってくれればいいのに、と何度も思った。

「なんとかしてあげられないでしょうか」

あの頃の自分に手を差し伸べるような気持ちで松崎先生に尋ねる。

「同じ経験をしたこともない人間が中途半端に『君の気持ち、わかるよー』て言うても、反感買うだけや」

「それは……そうですけど……」

松崎先生のように優秀そうな教師でさえも踏み込めない、高村くんの心の闇。

新米教師の私ごときに解決できるわけないか……。

私は悶々(もんもん)としながら職員室へ戻った。

テストが終わったある日の放課後、私は部員探しのために図書室へ行った。

あ、高村くん……。

前回と同じ奥のテーブルに高村くんがいる。

なにを読んでいるんだろう、とさりげなく近づき、横目でちらりと開かれた本を見る。

【すみれは花咲き、鈴虫は今年も生まれて鳴くだろう】

ページの縁が日に焼けて変色した古い紙の上に印刷された一文が目に飛び込んできて、『あっ』と声を上げそうになった。

これって、『古都』の一文だ。ハルが最も愛した小説の……。

そう思った瞬間、私の視線に気づいたのか、高村くんはすぐに本を閉じてしまった。

「あ。ジャマしてごめんね。高村くん、川端康成が好きなの？」

思い切って声をかけたのだが、彼はそっけなく「別に」と、本を持って席を立ってしまった。

「あ。待って……」

自分でもなにを言おうとしているのかわからないまま、反射的に呼び止めてしまった。

「なに？」

冷たくイラ立たしげな口調と視線にひるむ。

『すべてのことは、願うことから始まる』

ハルの言葉を思いだし、自分の前に立ちはだかる難関に立ち向かう決心をした。

「ちょっとだけ、話できるかな」

ちっと舌打ちはしたものの、高村くんは意外なほど素直に生徒指導室までついてきた。

彼は、あの頃の私と同じ。だれにも言えない悩みを抱えている。同じ年頃に同じ経験をした私なら、もしかして彼の気持ちを理解してあげられるんじゃないだろうか。

私の経験を打ち明けてみようか……。

彼の先に立って歩きながらも、正直なところ、まだ自分の中のトラウマを彼に打ち明ける勇気が出ないでいる。

生徒指導室に到着し、ドアに手をかけた。

学生の頃は、生徒指導室の前を通るだけで、わけもなく緊張したものだ。実は、学生時代も含め、中に入るのは初めてだった。

指導室はガランとしているが、想像していたより明るい。

「俺、なにかした？」

楕円形の机に学生カバンをバン！と投げだすように置いて、高村くんがケンカ腰で聞いてくる。

私は内心、怖じ気づきそうになりながらも、それを悟られないよう笑顔を作ってイスに座った。

「とりあえず、座ろうか」

高村くんはさらにイラ立った様子で二回目の舌打ちをし、不機嫌そうな顔のまま向かいに腰を下ろす。斜めに座り、私を見ようともしない。

彼に自分の父のことを話してしまって大丈夫だろうか……。

まだ迷っているのには、理由があった。

大学時代に一度、こんなことがあったから……。


――高校卒業と同時に東京へ戻った私に、進学した大学でふたりの女友達ができた。

ひとりは政治家の娘さんでちょっと世間離れしたところがあったけれど、おっとりしたかわいい子だった。彼女は他の同級生から一目置かれるように『マミさん』と、さんづけで呼ばれていた。

もうひとりは地方から出てきてひとり暮らしをしている女の子で、独立心旺盛(おうせい)なサユリちゃんという女の子だった。

いつも三人で一緒に講義を受け、お昼ごはんを食べた。

ある日、私はふたりに迷いながらも父のことを打ち明けた。

事件から二年以上が経ち、ニュースでも薬害のことが取り上げられなくなっていた。私がずっと抱えていた罪悪感が徐々に風化しつつあった頃だ。

その翌日、周りの子たちの私に対する態度がぎこちなくなった。サユリちゃんが私の父のことをみんなに言いふらしたのだと、他の友達から教えられた。

隠し事のない、本当の友達になりたかったから打ち明けたのに……。もうだれのことも信じられない。

以来、私はハルに出会う前に戻ったみたいにふさぎ込み、大学の構内でだれともしゃべらなくなった。

そんな私のもとにハルからの手紙が届いた。

【つむ。大学はどうですか？

俺も慣れない生活でいろいろあります。けど、嫌なことがあった時は、『明けない夜はない。あした、きっと世界は変わる』。そう信じています】

いつもの『すべてのことは、願うことから始まる』という言葉と一緒に添えられていた『明けない夜はない』という言葉。そこには、特別な意味が含まれているような気がした。

偶然だろうけど、ハルと出会う前のように心を閉ざしかけていた私のことを知られているかのように投げかけられた言葉を読んで、このままじゃいけない、と思った。ハルと出会う前の私に戻ってしまったら、彼との出会いが無意味になってしまう、と。

翌日、私は勇気を奮い起こして、もうひとりの友達、マミさんの元へ行った。

中学時代の私みたいになんの苦労もしたことがないように見える彼女には、私の悩みなどわからないかもしれない。そう思ったけれど、ほとんど賭けをするような気持ちで「マミさん、おはよう」と挨拶をしてみた。それだけの言葉をかけるだけでも、とてもドキドキした。

「ああ。紬葵ちゃん……」

マミさんは、ちょっととまどうような表情を見せた。

その顔を見て、『ああ、やっぱり、この子にも受け入れてもらえなかった』と確信した。家族のことも過去のことも、全部含めて今の私なのに、と泣きそうになる。

けれど、マミさんはつらそうな顔をして「実は……」と続けた。

「私のお父さんも、不祥事(ふしょうじ)を起こして色々言われたことあるの。でも、誰にも打ち明けたことなかった」

それを聞いて、彼女は高校時代の私と同じ気持ちを抱えていたのだ、とわかった。きっと、自慢だったであろう政治家のお父さんが一転して世間から冷たい目を向けられるようになってしまったのだ。

「はは……。初めて言えた……」

彼女は緊張が解けて脱力したような、今にも泣きだしそうな、いろいろな感情が入り交じったみたいな顔をして、「お互い、もっと早くに言えたらよかったね」と笑った。

その時初めて、本当の意味での親友ができた気がした――。

あの時みたいに、父のことをおもしろおかしく言いふらされたりしたら、この学校にいづらくなるかもしれない。だけどハルなら、理解し合えることを信じて自分から先に心を開くに違いない。

そこまで考えて、私はついに決心した。

「実は、私も……。自分のお父さんの存在を憎んだ時期があって……」

それまでずっと封印していた記憶の解放に、頑(かたく)なな少年の目がやっとこちらを見た。

「六年前に薬害事件があったの覚えてる?」

「ああ。白血病の特効薬だっけ……」

すぐにピンときたらしい。

あの頃、彼はまだ小学生だっただろうに。それだけインパクトの大きな事件だったということだ。

「あの薬を開発した主任研究員、私のお父さんだったの……」

「え？」と高村くんがまつげを跳ね上げる。意外なほど素直な反応をした。

もしこの話を高村くんがだれかに話したら……。いや、話すまでもなく『俺の副担任、薬害事件の中心人物の娘』みたいな感じでSNSにでもアップしたら、明日にはもう学校中に知れ渡ってしまうだろう。心ない生徒たちがおもしろおかしくウワサして、私はまたいたたまれない思いをすることになるかもしれない。

それでも、彼にも心を開いてほしくて、打ち明けずにはいられなかった。

「毎日のように新聞記者とかテレビのレポーターとかが家に押しかけてきて……。東京にいられなくなって、鎌倉に来たの。高校二年生の時のことだった」

クラスの中での孤立を乗り越え、友達の裏切りを乗り越え、たくさんの試練を乗り越えた今でも、この話をする時は喉がカラカラに渇くのを感じる。

「でも一番きつかったのは、心から好きになった人がお父さんの薬のせいで苦しんでたことだった……。どうしても言えなくて、でも黙ってると彼を裏切ってるような気がして……本当に苦しかった。大好きだったお父さんのこと、嫌いになった。お父さんの子じゃなきゃよかったのに、って」

高村くんは黙って聞いていた。けれど、その表情は、私に同情しているようにも軽蔑しているようにも見えない。無関心なそれだ。

その顔のまま、私の話を最後まで聞いた高村くんは、「先生、もう行っていい？」と抑揚のない声で言った。ポケットの中に振動を感じたらしく、制服のズボンから引っぱりだしたスマホを一瞥する。

「う、うん。でも、ひとつだけ覚えてて。明けない夜はないってこと。すべてのことは、願うことから始まるの。苦しい時は、あした、きっと世界が変わるって信じて」

ハルに教えられた言葉を最後に伝えた。

その言葉が彼の心に響いたのかどうかはわからない。

「もう帰らないとヤバい」

高村くんがひとり言のようにつぶやくのを聞いて、さりげなく彼のスマホを見ると、自宅からの不在着信が数分置きにずらずらと並んでいる。

お母さんから？

そう聞くことすら許さないそっけなさで、高村くんは指導室を出ていく。

『プライドの高い子やから』

松崎先生の声がよみがえる。

副担任になったばっかりの教師に、そう簡単に心を開いてなんかくれないよね。

「はあ……っ」

ため息が出たのと同時に緊張が解けた。

昔のことだと思っているのに、つらかった時期の記憶をたどり、それを言葉にするのは、やっぱり覚悟していた以上に心の負担は大きかった。

「松崎先生に相談もなく、勝手なことをしてすみませんでした」

職員室へ戻って、高村くんを指導室に呼んで話をしたことを松崎先生に伝えた。

「まあ、いろいろ成りゆきもあったんやろ？　それで、アイツ、なんか言った？」

「残念ながらなにも聞けなかったんですけど、自宅から大量の不在着信が入ってました。指導室で話してたのは三十分ほどだったんで、その間に画面いっぱいになるぐらいの着信が入ってて」

そう報告すると、松崎先生は表情をかげらせた。

「犬の散歩中に高村の家から罵声(ばせい)を聞いたって子の話やと、怒鳴られてるのはいつも母親らしい。パワハラいうよりはモラハラていうんかな。『お前みたいな無知な女は恥ずかしいから人前に出るな』とか言うのが聞こえるて。母親も精神的に不安定になってきてるんかもしれへん」

「そうなんですか……。もしかしたら、高村くんは立場の弱い母親に同情して父親を憎んでるのかもしれないですね。母親も高村くんにしか依存できなくなってるのかな」

うまくいかない両親の間で苦しんでいるのだろうか。

高村くんの心情に思いを馳せていると……。

「それにしても、あの高村がよう三十分も指導室でおとなしく君の話を聞いたもんや。俺なんて、五分の立ち話で『先生、もう行っていいですか』って言われたわ」

松崎先生は苦く笑った後で、「家庭訪問してみるか」とひとり言のように言った。


そして七月に入ってから、松崎先生が「藍沢先生。今日の放課後、時間ある？」と聞いてきた。

恐らく高村くんのことで話があるのだろうと思い、「はい」と返事をし、急いで残務を処理して松崎先生と一緒に学校を出た。

「昨日、高村の家、家庭訪問してみたんやけど、父親は不在で、母親は平凡な主婦に見えたわ。ただ、少し踏み込んで聞いてみたら、父親が母親を罵倒すると高村が母親をかばい、それを見た父親は『諒真が俺に口ごたえするのはお前の育て方が悪いからや』って母親を罵るっていう悪循環みたいやった……」

街灯の下を並んで歩きながら、松崎先生が表情をかげらせる。

「そうなんですか」

なにか力になれないかと考えるが、そつのない松崎先生でさえも解決できずにいる家庭問題だ。思い切って自分のことを打ち明けてみたけれど、特に変化は見られないような気がするし、これ以上、私にできることなんてないのだろう。

「ここにしよか」

松崎先生が、学校から少し離れた所にある喫茶店のドアを押す。

窓際のテーブルで向かい合い、アイスコーヒーをふたつ注文した

こうして近い距離で男の人と向かう合うのは久しぶりだ。

「私、彼と同じ年の時、やっぱり孤独な思いをしたことがあって……。彼のような生徒の気持ちに寄り添えたら、あのつらかった時期にも意味があるのかな、って。それでつい……」

なんとなく松崎先生の顔を直視することができないまま、まつげを伏せ、勝手に高村くんの問題に踏み込んでしまった言い訳をしていた。

「ふうん。そうなんやあ」

感慨深そうにうなずいた松崎先生はグラスの中の氷をストローで軽く回し、「そういえば」と空気を換えるように軽い口調になる。

「君がいない職員室でウワサになってることがあるんやけど」

「は？　私がいない職員室？」

おかしな言い回しだったが、松崎先生はこの話がしたかったのかな？と思わせるような含みのあるトーン。

「どんなウワサですか？」

「君にアメリカ人の彼氏がおるていうウワサ。君が学生やった時から毎月、学校宛てにＵＳエアメールってスタンプが押された封筒が届いてたて」

「ああ……」

ハルからの手紙は、校長室に届けられる前に事務局に集約される。業者や役所からの郵便物の山の中でも、エアメールは目立つのだろう。しかも個人親展で届く手紙を、事務の人はずっと不思議に思っていたのかもしれない。

それに私は別に隠すつもりもないので、赴任後は、校長室で受け取ったエアメールを手に持ったまま廊下を歩いている。

「『ああ』ってことは、ほんまなん？」

目を大きく見開き、意外そうな表情を見せる松崎先生を不思議に思った。

「そんなに変ですか？　私に彼氏がいたら」

「い、いや、そんなことはないけど」

つい問いつめるように聞いてしまったせいか、しどろもどろになっている。

「そんなことないんなら、なんでそんなにビックリしたような顔したんですか？」

いつも自然体の彼がオロオロしているのがおもしろくて、さらに追いつめてしまった。

すると、なぜか松崎先生はペコリと頭を下げた。

「ごめんなさい。もう今日からは君のこと、特別な目で見たりしません」

「は？　特別？」

「すみません。……好きになりかけてました。川原先生のこと」

松崎先生は大げさに頭を下げたまま、真面目な口調であやまる。

う、ウソ……。学校に慣れるのが精いっぱいで、松崎先生の中に芽生えかけていたらしい微妙な気持ちの変化にまったく気づいていなかった。

「なーんて」

テーブルから上げた顔は笑っていた。

けれど、いきなりの告白で、しかも潔すぎるぐらいのあきらめモードで、どんな顔をしていいのかわからない。

「じゃ、これからは先輩としてのみの立場でがんばってサポートしていくんで、引き続きよろしく」

サバサバした言い方に救われる。

目の前の包容力あふれる笑顔を見ていると、一瞬、ハルのことを打ち明けてみようか、という気になる。けれど、それをしてしまうと、今まで強く保ってきた自分の気持ちが崩れて、松崎先生に傾いてしまうような気がした。

「こちらこそ、後輩としてのみ、よろしくお願いします」

同じように冗談で返すと、松崎先生は私がそう答えることを予想していたように、あきらめ顔で笑っていた。


そして夏休み前の放課後……。

木村教頭が、「それで、川原先生。その後、部員集めのほうはどうですか？」と、やんわり聞いてきた。

読書クラブの顧問に名乗りを上げて二カ月余りが経っている。

「それが……」

まだひとりの入部希望者も見つかっていない。チラシへの反応は皆無だった。

「今時、本もネットで読む時代ですからねぇ」

既に廃部が決まったような顔をして、教頭がしみじみつぶやく。

「もうちょっとだけ待ってください。絶対、五人以上、集めてみせます」

最低五人の新入部員を集めることがクラブ存続の条件だ。しかし、入部者のメドはまったく立っていない。

「山内先生の退職は九月末ですからね。それまでに部員が集まらなければ廃部です」

そう言い残し、教頭が私の席を離れた。

「ほんまに、五人も集まんの？」

心配そうに松崎先生が聞いてくる。

「わかりません。けど、なんとしても存続させたいんです」

ハルが創ったクラブを絶対につぶしたくない一心で、松崎先生の目を見て必死で訴えた。

「しゃあないなあ……」

ため息交じりに立ち上がった松崎先生が、私が作った募集要項にマジックを走らせ、手書きで【体験入部ＯＫ】と書き加えた。

「いきなり入部はハードル高いやろ。これ、コピーして全校生徒に配布しよ」

「はい！」

こうして指導者としての立場でサポートしてくれる松崎先生に、私もできるだけ自然体で接した。だけど先日の告白以降、どうしても意識してしまう。

指導教諭として私の授業を見守る目も、なぜかハルの優しい瞳と重なるのだった。

全然似ていないのに……。

気持ちの重心がハルから離れ、別の相手に移ろうとしているような気がする。そんな自分が嫌で仕方ない。

しかしそれからすぐ夏休みに入り、学校で過ごす時間が各段に減った。

これでしばらくは気持ちが揺れずにすむ。

そう思っていたのに、顔を見ない時間が長くなればなるほど、松崎先生のことを考える時間が増えていった……。

新学期が始まっても、入部希望者は集まらなかった。タイムリミットは今月末日。ヤバい。ホントに廃部になっちゃうかも……。

さすがに焦って、手当たり次第に声をかけてみるが、いい返事はひとつももらえなかった。

絶望的な気分に支配され始めたある日、放課後の教室の窓からぼんやりとグラウンドを見下ろしている高村くんの姿を見つけた。

「高村くん」

「ああ」

静かに声をかけると、どうでもいいようなトーンで返された。だけど構わず彼の横に立って、同じようにグラウンドに目をやり、サッカーボールを蹴る男の子たちを眺める。ハルなら、なんと言って彼の心にアプローチするんだろう、と考えながら。

すると、今日に限って高村くんのほうから口を開いた。

「俺さあ……」

私の顔も見ずに、前を向いたまま言葉を途切れさせる。

「ん？」

「俺、先生の話を聞くまでは、なんで自分だけがこんな最悪で絶望的な状況にいるんだろう、って思ってたんだ」

「最悪で絶望的？」

その深刻なワードに不安が募る。

「モラハラ親父のせいで母親がおかしくなるかもしれないって毎日おびえてるのに、母親連れて家を出る勇気もない。なぜなら親父の稼ぎで何不自由ない生活ができてるのも事実で……。そんなクソみたいなこと考えてる自分がどうしようもなく非力で悔しくて苦しくて……」

そう言って唇をかむ高村くん。

「けど、俺に見えてないだけで、同じぐらい悩んだり苦しんだりしてるヤツ、いっぱいいるんじゃねーか、って思えるようになった」

「高村くん……」

不安の中でなんとか前向きに考えようとしている彼が痛々しい。

「俺だけじゃない。同じように苦しんでるヤツがいる。そう思ったら、ちょっと気が楽になったっていうか、覚悟決めれたっていうか」

さっきまで目を伏せたまま吐きだすように心の内を語っていた高村くんが、毅然とした瞳を上げる。

「覚悟？」

「なにがあっても母親を守るって覚悟。もう母親が限界だって感じたら、家を出てふたりだけで生活して、俺が支えるって覚悟」

きっぱりと言い切る声には強い意志が感じられた。

「けど、ギリギリまではこの暗い夜が明けて、世界が変わることを願うよ。すべては願うことから始まるんだろ？」

やっと笑った顔がこっちを向く。

「そ、そうだよ！　すべてのことは、願うことから始まるんだよ」

「けど、今のうちにめいっぱい勉強して、いざとなったら奨学金で大学へ行けるように準備するつもりなんだ」

まだ高校生の彼が悲愴な覚悟をしている……。

そう思うと、胸がジンと熱くなる。

「ごめんね。役立たずの副担で」

「いや。俺が覚悟できたのは、先生が教えてくれた言葉のおかげだから」

「え？」

「これでも一応、感謝してるんだけど」

初めて見る高村くんの晴れやか顔だった。

「そう？　あ、じゃあ、お礼の代わりといってはアレなんだけど――」

「入らない」

「へ？」

私のお願いを聞き終わらないうちに拒否された。

「読書クラブだろ？　たしかに俺、本を読むのは好きだけど、俺ひとり入ったって、どうせ廃部じゃん」

断言され、ガッカリする。

「じゃ」

元気をなくした私を置き去りにして、笑顔の高村くんが去っていく。

それを待っていたように、同じクラスの女子がふたり、彼に駆け寄った。心なしか雰囲気が柔らかくなったせいか、ここ数日、よくクラスメイトと一緒にいる。

「ま、いっか」

これまで見ることがなかった高村くんの笑顔を見送り、気を取り直して職員室へ戻った。

席につくとすぐ、私が提出しておいたプリントを向かいの席の松崎先生が返してきた。

「これでええわ。次の単元はこの学習指導計画でいこ」

「ありがとうございます！」

来週からの授業計画に合格点をもらい、珍しく早く仕事が片づいた。

「あと、ひとつだけ言うてもええ？」

松崎先生が改まった口調で口を開く。私の授業に問題があるのかとドキリとした。

「あきらめ悪うてゴメンやねんけど」

「は？　あきらめ？」

完全に仕事の話だと思っていたので、松崎先生の言っていることがピンとこなかった。

「カレシとは遠距離なんやろ？　どれくらい会うてへんの？」

授業の話の後にいきなり恋愛の話を持ちだされ面食らった。

「あ……ハル……か、彼とは六年会ってません」

言葉につまったが、そうとしか答えようがない。

「ろ、ろ、六年？　それやったら、一回ぐらい俺にチャンスくれてもええんちゃう？」

松崎先生は心底驚いた様子で目を見開き、デスクの上に積み上げられた本の向こうから身を乗りだすように聞く。

「は？　チャンス？」

「今度の日曜日、一緒にご飯、食べにいこ。その後、映画でも見て。それで楽しなかったら、今度こそあきらめるから」

それって、デートじゃん。

油断しきっていたせいで、顔が熱くなるのを止められない。

「えーっと……」

「川原センセ～」

私が返事に困っていると、職員室のドアが開き、のんびり間延びした声とともに角山校長が現れた。

「フォフォフォ。はい。今月のラブレターフロムアメリカ」

その声に救われたような気持ちになりながら、立ち上がって封筒を受け取った。

「くそー。敵も絶妙なタイミングでしかけてきよるな」

頭を抱える松崎先生。

その姿がわざとらしく大げさで、笑いそうになる。

「あ……」

けれど次の瞬間、封筒の底にいつもと違う感触を覚え、自分の笑顔が固まるのを感じた。この手紙がハルからの最後の便りであるような気がして、愕然とした。

「川原先生?」

私の異変に気づいたように、松崎先生の顔も心配げに曇る。

「……なんでもありません。ちょっと、外で読んできます」

なんとかそう言った時には、松崎先生の輪郭が涙でぼやけて見えなかった。

そんなわけない。これで最後だなんて、絶対にない。

悪い予感を必死で否定し、ひとりになれる屋上へと急いだ。

フェンスにもたれ、深呼吸をしてから、ゆっくりと封を切った。

今までのあっさりした文面と違い、ぎっしりと文字がつまっている。それを眺めただけで、悪い予感が的中してしまったような気がして胸騒ぎがする。

【つむへ。二十三歳の誕生日、おめでとう】

私の誕生日をめがけてアメリカで投函されたのだろう。

「ハル、ちょっと早いよ」

声に出して胸騒ぎを軽く笑い飛ばしてから、読み進んだ。

【これで、君に宛てた手紙は七十二通目になります】

もうそんなになるのか、とハルに会えなくなってからの歳月を痛感する。

【もう、気づいてたかな。実は俺がまだあの頃にいるということに】

それは知らない人が読めば、奇妙な言い回しだと思うだろう。けれど、私にはその意味がわかっている。

【高校生の俺が書く手紙を読む未来の君。やっぱり違和感あるよね？　つむ。いつ、気づいた？　俺がまだ、高校生のままだってことに……】

瞳から入ってくる活字が、頭の中でハルの声に変換されて鼓膜に響いたような気がした。

——それは、六年前の十一月。ハルが渡米して二カ月が経った秋のことだ。

クラブ活動を始め、彼に報告するための楽しい出来事をノートに書きためるようになって一カ月が経った時、彼からの二通目の手紙が届いた。

【つむへ　元気ですか？　俺は元気です。新しい薬が効いているのを実感しています】

それは前回と同じように、自分の治療が進んでいることを報告し、私を気遣う内容だった。

【学校はどうですか？　修学旅行、沖縄だっけ？　美ら海水族館、行くの？　俺も、つむと一緒にジンベイザメやマンタが見たかったよ】

ということは復学はまだ無理ってことか、とガッカリした。

そしてまた手紙の末尾には【すべてのことは、願うことから始まる】と書いてあった。

私だって、自分の言葉でハルを勇気づけたい。返事が書きたい。

学校生活が充実してきたせいか、私からもハルへ近況を伝えたくなった。けれど、彼の手紙には今回も住所が書かれていない。

「まだ、病院を転々としてるのかな……」

とはいえ、彼が渡米してもう二カ月になる……。いい加減、住所が決まっていても
おかしくない。

けれど、担任や新しい校医に聞いても、だれも彼のアメリカでの住所を知らなかった。あの社交的な二宮先生が、だれにも新しい住所を知らせてこないことが不思議だった。

その月の終わり、修学旅行で沖縄へ行き、写真をたくさん撮った。ハルの住所がわかったら、すぐに彼に送るためだ。

見たこともない海の色。雲ひとつない空。そして、悲しい戦争の傷跡(きずあと)……。美しいものも悲惨(ひさん)なものも、心が揺り動かされたものはすべて撮影した。そして、できるだけクラスメイトと一緒にいるところをスマホで写し、決してひとりじゃないことをアピールした。

多分ハルは、それを一番心配していると思ったからだ。

その修学旅行から戻った週末、私はどうしてもハルに写真を送りたくなり、なんとなく手がかりを求めるような気持ちで、彼の自宅がある由比ヶ浜へ行った。

「ここだ……」

ハルに見送られた改札を抜け、細い坂道を歩き、一度だけきた洋館にたどり着いた。

門にはカギのついた鎖（くさり）がかかっていて、外から見ることしかできなかった。

あれから二カ月くらいしか経ってないのに、懐かしい……。

そう思いながら、二階にあるハルの部屋の窓を見上げる。

あそこでキスをした……。

それ自体が幻（まぼろし）だったような気がして切ない。いつまでもそこに立って、真っ暗な窓を見つめていると……。

「二宮さん、引っ越されましたよー」

いきなり声をかけられ、ハッと我に返った。

「え？」

エプロン姿のおばさんが、回覧板らしきものをぶらぶらさせて歩いてくる。

「あ、ああ。そうみたいですね」

無難に答えてその場を離れようとしたが、おばさんはお構いなく話を続ける。

「息子さんが急にあんなことになっちゃったものねぇ。やっぱりここは思い出がありすぎて、ひとりで住むのはつらいわよねぇ。二宮さん、まだ若くて綺麗だし、ご主人とあっちで暮らしたほうが、早く立ち直れるわよねぇ」

私を近所の住人であることを前提に話している様子だった。

「え？　あんなこと？」

胸騒ぎを覚えながら聞き返すと、おばさんは困ったように笑った。

「え？　あなた、二宮さんのお知り合いじゃないの？」

「知り合いです。どういうことですか？　なにがあったんですか？」

必死で食い下がった。

「ご、ごめんなさい。言っちゃいけなかったのかしら」

私がどういう知り合いなのかわからなくなった様子で、言いにくそうにしている。

「お願いです。どんなことでもいいから教えてください！」

気づけば、逃げ腰になっているおばさんの腕を逃がさないようにつかんでいた。

「えっと……。うん。でも、これって、別に隠すようなことじゃないわよね」

おばさんが自問自答した後でうなずき、ついに折れた。

「息子さん、陽輝くんだっけ。亡くなったのよ、病気で……」

「ウソ……」

ボウ然としておばさんを見ると、困ったように目を泳がせている。

「いつ？　いつですか？」

すがるようにして聞いた。

「長谷寺の『大黒天祈願祭』の頃だったから九月の終わりごろだったかしら」

「九月の終わり……」

二カ月も前に？

最後にハルの声を聴いたのは東京デートした三日後、たしか九月の二十六日だった。あの時、『アメリカの病院に転院することになりそうだ』と彼は言った。

けれど次の日の午後、病院へ行った時には、もうハルはそこにいなかった。そして看護師さんから、アメリカの病院に転院したと教えられた。

つまり、あの電話の後、亡くなったということなの？　だとしたら、集中治療室を抜けだして電話をくれた時、本当はもう転院できるような状態じゃなかったってことなの？　病院の看護師さんや先生、周囲の人たちを巻き込んでまで、自分の死を隠したっていうの？

「ウソ……ウソよ……あり得ない……」

強烈なショックの中で激しく混乱した。

じゃあ、私に届いていた手紙はいったいいつ書かれたものなの？　ハルはいつ自分の死を覚悟して、私への手紙を書き遺したの？

「ウソよ……。なんで？　ハル、なんで？」

答えはすぐに見つかった。

……私が弱すぎるからだ。いきなり永久に会えなくなったりしたら、私の心が壊れるとわかってたから。後を追うかもしれないって思ったから。ハルの死を受け止め、乗り越えることができないぐらい幼いと思ったからだ……。

ハル……。ハル……。

膝から道路に崩れ落ちる。すべての出来事が頭の中でつながった瞬間、「うわぁああー……！」と叫ぶような声を上げて子供のように泣いた。

ハルがどんな気持ちで私宛ての手紙を書き溜め、どんな苦痛の中で私に最後の電話をしたのかを想像すると、胸がつぶれそうだった。

『じゃ、またな』

今も耳に残るハルの明るい声。

どうしてあんな声が出せたの？

「あ、あなた、大丈夫？　わ、私、回覧板、回さなきゃいけないから、も、もう行くわね」

私に真実を伝えたおばさんのサンダルが、立ち去る理由を説明しながら私の周りをウロウロし始める。

「大……丈夫……です……」

なんとかうなずくと、青いサンダルが逃げるように立ち去った。

後から後から涙が込み上げ、地面に座り込んだまま洋館の前を動くことができなかった。

その時、不意にスマホが震えた。母からの電話だ。

『紬葵。どこにいるの?』

オロオロした声。何度も着信があったのかもしれない。辺りが真っ暗になっていることにも、スマホの振動にも気づかなかった。

私はこうやって、だれかに心配をかけてばかり……。だから、ハルも私のことが心配で、心残りで……。

「お母さん。大丈夫よ……。今から帰るから……」

大丈夫だよ、ハル。私はもうだれにも心配かけないから。

そう決心して涙をぬぐい、スカートの泥をはらって立ち上がる。

「痛っ……」

いつすりむいたのか、膝に血がにじんでいた。

痛む足をかばいながら、ハルの家の前を離れた。駅へ向かって歩いている間、いろいろな想像がかけめぐった。

ハルの手紙を投函してくれていたのは二宮先生なんだろう。それがハルの遺言だったのか、それとも彼の死後、投函日を指定した私宛ての手紙を見つけたのか。

なんにせよ、先生がどんな思いで私に手紙を送ってくれたのか、想像するだけで胸が締めつけられる。

なのに、ハルがいなくなってからの私は、あいかわらず自分の気持ちだけで手いっぱいだった……。

とぼとぼと街灯の下を歩きながら、どうして手紙が学校宛てに届いていたのか、やっとわかったような気がした。将来、私が東京へ戻る日が来ることも想定していたのだ。

学校を辞めてしまった二宮先生が、私の転出先の住所を知ることは難しいだろう。でも学校に送っておけば、次の転校先へは転送してくれるはずだ。

「ハル。ごめんね」

本当に、ごめんね……。

最後まで心配させてしまったことを、心の中で何度もあやまった。

電車に乗っても涙が止まらず、人に見られないよう、ずっとドアのそばに立って、真っ暗な窓の方へ顔を向けていた。

そして、それからもハルからの手紙は毎月、一通ずつ届いた――。

ドヴォルザークのゆったりとした旋律（せんりつ）がグラウンドに響き、生徒たちに下校を促している。

ハルがもうこの世にいないことを知った夜から引き戻されるような気持ちになりながら、彼からの手紙を読み進めた。

【つむへの手紙を書き始めたのは、無菌室から追いだされた日です】

今でもはっきりと覚えている。彼が無菌室へ入ったと聞かされて動揺した私……。

あの日、初めてハルとキスをした。

【ちょうど渡米して治療する話も出ていた頃でした。できることなら日本で病気を完治させたいと思っていたけれど、つむのそばにいられなくなることも想定し始めた頃です。

もしかしたら心のどこかで、渡米よりもっと悪い事態も考えてたかもしれない。

もちろん、手紙が無駄になればいい、と強く祈りながらも、書かずにはいられなかった】

日本での治療には限界がある、と聞かされたのは、梅雨の蒸し暑い夕方だった。

その話を聞いて、号泣してしまった自分を思いだす。

最悪の事態も覚悟していた彼のつらさを思いやることもできないで、病人のハルを悩ませるほど不安定だった私……。

【最初は、自分がいなくなった後のつむを支えるために書き始めた手紙だった。けど、つむと自分の未来の姿を想像することはとても楽しかった。

そんな時、泳げないくせに海の中まで俺を追いかけてきたつむを見て、心底ヤバいと思った。どうにかしてつむを守らなければ、と。ただ、そう思っている間、俺自身、とても強くあることができた】

私の弱さが逆に彼の気持ちを支えていたことを知って、複雑な気持ちになる。

【けれど、ふと、俺からの手紙が届くせいで、つむが新しい世界に踏みだせなくなるのではないかという不安や罪悪感にかられたりもした。手紙のせいで俺から気持ちが離れず、いつまで経っても新しい恋に飛び込めないのではないか、とか】

ハルからの手紙のせいだったとは思わない。けれど、私はだれを見ても、知らず知らずハルと比べていた。彼の印象が鮮烈すぎて、他のだれかと付き合うなんて考えられなかった。

【その反面、いや、ずっと俺を想っていてほしいから書いてるんだ、と自分勝手なことを思ったり……。

自分でも嫌なヤツだと思うけど、せめて、つむが俺の夢でもある教師になるまでは、俺のことを想っていてほしいと願った】

ハルの中にそんな葛藤があったことを初めて知った。

【ごめんね。でも、もう忘れてください。俺はつむが高く飛ぶための翼になりたいとは思うけど、つむの足かせにだけはなりたくない】

その言葉に胸を切り裂かれ、再び目頭が熱くなる。

ハルからの手紙は、間違いなく私の心の支えだった。けれど、この手紙が届く限り、ハルは世界のどこかで生きていると信じなければいけないような気がしていた。そして、私は他のだれかを好きになることはない、と自己暗示に似た思い込みをしていたかもしれない。

便せんの上の【つむに最後の格言です】という文字がぼやけ、歪んで見えた。

【恋なき人生は死するに等しい】

新しい恋に踏みだせ、と私の背中を押す言葉。

まだ高校生だった少年が、どんな思いでこの言葉を最後に贈ってくれたのか。その心中を察すると、心をかきむしられるようだった。

今さらながら、最後まで父のことを隠していた不誠実な自分が許せない。どうしても嫌われたくない一心でウソを重ねた自分が嫌になる。

こんな私のことを、ここまで思ってくれてた。苦しい治療と絶望の中で最後の手紙を書いてくれたハルのこと、忘れられるわけないよ……。

そして……二枚目の便せんを見て、思わず『あっ』と声を上げそうになった。

その一枚に、今までよりさらに力強い文字で、【すべてのことは、願うことから始まる。俺はきっと元気になって、つむのそばでつむを守る】と書いてあった。

私を手放す覚悟をしたこの手紙を書いている時でさえも、ハルは絶望なんかしていなかった。最後まで、あしたへの望みを捨てていなかった。

ハルは最期までハルだったんだ……。

すべて読み終わってから封筒を傾けると、その感触から想像していた通り、封筒の底から指輪がひとつ、転がりでた。

そのリングの内側には【ＴＳＵＭＵＧＩ】の刻印。六年前のあの日、原宿で買ったペアリングの片割れだ。

もうハルの体温を感じることはできないリングをぎゅっと握ってから、ずっと自分の薬指を縛ってきた指輪を外し、十七歳の誕生日に祖母がくれたパールのついた金のネックレスチェーンに一緒に通した。

ふたつのリングがぶつかって、軽く澄んだ音を立てる。

ハル。これからも私のこと、見ててね。力いっぱい、生きるから。

新しい決意をして涙をぬぐい、下校を促すチャイムとともに振り返った。

「あ……」

屋上の入り口に、松崎先生が立ちつくしている。いつからそこにいたのだろう。もしかしたら、職員室で既に泣きそうになっている私を見て、追いかけてきたのだろうか。

相当長い時間見守られていたような気がして恥ずかしい。

先輩教師の顔を見て足が止まってしまった私に近づいてきた松崎先生は、「やっぱアカンかったんか、六年越しの遠距離……」と、残念そうに言った。

手紙を読みながら泣いている私を見て、アメリカにいる恋人にフラれたと思い込んでいるらしい。

私は誤解を解かなければ、と思いながらも、嗚咽のせいで喉がつまったように声が出ない。ただフェンスの前に立ちつくし、松崎先生の顔を見ていた。

「えっと……。こんな時、なんて言うたらええか、わからへんねんけど……」

言葉を途切れさせた松崎先生は私の横に立って、しばらくの間、西の空を眺めていた。

「俺、落ち込んだ時に、いつも思いだす話があんねん」

その口調が、もう励ましモードに入っている。

お手数ですが
切手をおはり
ください。

郵便はがき

104-0031

東京都中央区京橋1-3-1
八重洲口大栄ビル7階

スターツ出版(株)　書籍編集部
愛読者アンケート係

(フリガナ)
氏　名

住　所　〒

TEL　　　　　　**携帯／PHS**

E-Mailアドレス

年齢　　　　　　**性別**

職業
1. 学生(小・中・高・大学(院)・専門学校)　2. 会社員・公務員
3. 会社・団体役員　4.パート・アルバイト　5. 自営業
6. 自由業（　　　　　　　　　　）7. 主婦　8. 無職
9. その他（　　　　　　　　　　）

今後、小社から新刊等の各種ご案内やアンケートのお願いをお送りしてもよろしいですか？
1. はい　2. いいえ　3. すでに届いている

※お手数ですが裏面もご記入ください。

お客様の情報を統計調査データとして使用するために利用させていただきます。
また頂いた個人情報に弊社からのお知らせをお送りさせて頂く場合があります。
個人情報保護管理責任者：スターツ出版株式会社 販売部 部長
連絡先：TEL 03-6202-0311

愛読者カード

お買い上げいただき、ありがとうございました！
今後の編集の参考にさせていただきますので、
下記の設問にお答えいただければ幸いです。よろしくお願いいたします。

本書のタイトル（　　　　　　　　　　　　　　　　　　　　　　　　　　　）

ご購入の理由は？ 1. 内容に興味がある 2. タイトルにひかれた 3. カバー(装丁)が好き 4. 帯(表紙に巻いてある言葉)にひかれた 5. 本の巻末広告を見て 6. 小説サイト「野いちご」「Berry's Cafe」を見て 7. 知人からの口コミ 8. 雑誌・紹介記事をみて 9. 本でしか読めない番外編や追加エピソードがある 10. 著者のファンだから 11. あらすじを見て 12. その他

本書を読んだ感想は？ 1. とても満足 2. 満足 3. ふつう 4. 不満

本書の作品を小説サイト「野いちご」「Berry's Cafe」で読んだことがありますか？
1.「野いちご」で読んだ 2.「Berry's Cafe」で読んだ 3. 読んだことがない 4.「野いちご」「Berry's Cafe」を知らない

上の質問で、1または2と答えた人に質問です。「野いちご」「Berry's Cafe」で読んだことのある作品を、本でもご購入された理由は？ 1. また読み返したいから 2.いつでも読めるように手元においておきたいから 3. カバー(装丁)が良かったから 4. 著者のファンだから 5. その他（　　　　　　　　　　　　　　　　　　　　）

1カ月に何冊くらい小説を本で買いますか？ 1. 1～2冊買う 2. 3冊以上買う 3. 不定期で時々買う 4. 昔はよく買っていたが今はめったに買わない 5. 今回はじめて買った

本を選ぶときに参考にするものは？ 1. 友達からの口コミ 2. 書店で見て 3. ホームページ 4. 雑誌 5. テレビ 6. その他（　　　　　　　　　　　　　　　　）

スマホ、ケータイは持ってますか？
1. スマホを持っている 2. ガラケーを持っている 3. 持っていない

ご意見・ご感想をお聞かせください。

文庫化希望の作品があったら教えて下さい。

生活の中で、興味関心のあること、悩みごとなどあれば、教えてください。

いただいたご意見を本の帯または新聞・雑誌・インターネット等の広告に使用させていただいてもよろしいですか？ 1. よい 2. 匿名ならOK 3. 不可

ご協力、ありがとうございました！

私は心配をかけないよう、クルリとフェンスの方へ向いて彼の横に並んだ。

「先生が落ち込むこと……あるんですか？」

私は手の甲で目尻に残っている涙をぬぐい、わざと冗談ぽく聞き返した。

「俺にだって落ち込む時ぐらいあるわ」

軽く笑って切り返してから、松崎先生が話を続ける。

「俺も大阪と神奈川の遠距離で失恋したって言うたやろ？」

やはりなぐさめてくれるつもりなのか、自分の失恋体験を語り始める。

「週末、もう大阪に帰る必要もなくなって暇やったし、二回ほど、入院中の生徒を励ましに行ったことがあるねん」

入院中の生徒？　いつの話なんだろう？

「大人とも対等にしゃべれるような子で。励ましに行ったつもりが、『教育実習も大変ですね』なんて逆にこっちが励まされたりして」

「そうなんですね……」

松崎先生は私を励まそうとして昔話をしているつもりなんだろうが、今はどうでもいい話のように思え、その話題に気持ちが乗らない。

「高校生のくせに妙に大人びて、達観してるヤツで、いろいろな言葉を知っとった。その子が教えてくれた言葉がけっこう励みになったっていうか、支えになったっていうか」

フェンスの向こうに目をやったまま、懐かしそうに続ける松崎先生。

「その子が教えてくれた『すべてのことは、願うことから始まる』っていうのと、『あした、世界……いや、人類やったかな、とにかく世界が終わるとしても、僕は今日、リンゴの木を植える』ていう言葉がずっと胸に残ってる。せやから君も、希望を捨てずに今日できることをコツコツと……」

「え？」

ハッとして、松崎を見る。

願うこと……。リンゴの木……。それって、ハルのことなの？　松崎先生、ハルに会ったことがあるの？

「その子、なんて名前ですか？」

「え？　ああ、もう名前は忘れてもうたけど、なんでか、その子との会話だけはよう覚えてるねん」

そう言って、松崎先生は苦笑する。

「ハル……いえ、その子、他になにか言ってましたか？」

どんなことでもいい。あの頃のハルの話が聞きたかった。

「えっと……。他にどんなこと、言うてたかな……」

松崎先生は急に自分の昔話に興味を示し始めた私に驚いた様子で、なんとか当時の記憶を掘り起こそうとしているみたいだった。

「そういえば……。あんまりネガティブな話はせえへん子やってんけど、ひとつだけ、『利益のために自分の病気を重くした人間や会社が許されへんかった』って言うた」

それを聞いて、今さらながらズキリと胸が痛んだ。やっぱり二宮先生が言ったように、父のことは打ち明けなくて正解だったんだ、と思うズルい自分がいた。

「けど、その話にも彼らしいポジティブな続きがあって」

「続き？」

「よりによって、許せないって思ってた人の娘さんのことを好きになってしもうたらしい」

……え？

「ソイツ、『先生、恋って素敵ですね。人を憎むことはマイナスのエネルギーだったけど、彼女への想いはプラスの活力になってます。一日で僕の世界は変わったんです。先生もまた恋をしたほうがいいですよ』なんて、大学生だった俺に向かって平然と言いやがって」

そう言って苦くほほえむ松崎先生の顔から目が離せなくなった。

「ウソ……」

ハルは、すべてを知ってたんだ……。全部、承知の上で、私を受け入れてくれてたんだ……。

きっと、鵠沼の駅で父と会った時、本当は気づいたのだろう。けど、知らん顔してくれたんだ。私がなにも言わないから。

ハルに心を奪われていた私を、父から奪い取ってめちゃくちゃにすることだってできたはずなのに……。

薄暗い部屋の中でじっと私を抱きしめていた時の、彼の心音を思いだす。

本能と自律の間で揺れ動いていた鼓動。

再び涙が込み上げた。ハルの理性によって、いかに自分が守られていたかを痛感した。

あの夜、私をあの暗い海に沈めてしまうことだってできたはずなのに……。

再び涙が込み上げ、止まらなくなった。

「ご、ごめん。まったく励ましになってなかったか？」

焦ったように尋ねる松崎先生に首を振った。

「大丈夫か？　明日、休むか？」

その優しい目を見てわかった。表情が、ハルが私を心配そうに見る時の目元に似ているのだ、と。

「大丈夫です……」

そう返事をすると、松崎先生は気遣うように「ほな俺、職員室に戻るわ。変な気、起こしたらアカンで？　ええな？」と念を押して、フェンスのそばを離れた。

……これで最後だから。今度、ハルを思いだす時は絶対に笑顔だから。今だけは泣かせて。

ひとりになって、沈んでいく太陽を見ながら、ハルとの出会いから別れまでを思いだし、思いきり涙を流した。

けれど、彼の記憶には微塵の悲愴感もない。きっと、最後まで生きる希望を捨てなかったハルのかげりのない笑顔のせいだ、と思った。

ハルは毎日、リンゴの苗を植えるように生きていた。その苗は、松崎先生の記憶の中で育ち、時を越えて私に大きな果実を与えてくれた。

大学生だった松崎先生にとってもハルの記憶が鮮烈だったからこそ、六年の時を経て、ハルがすべてを知っていながら私を大切に想ってくれていたという事実を話してくれたのだ。

初めて知った真実は、私の心から罪悪感という濁りを取り除き、ハルとの記憶をさらに貴いものへと変えた。深く純粋に愛された記憶へと……。

職員室に戻った私は、松崎先生に声をかけた。

「松崎先生。日曜日、スカイツリーに行きませんか？」

ずっと、ハルと一緒に行く約束をしていた場所へだれかと行く気にはなれないでいた。

でも、ハルはそんなことを望んではいなかった。

『俺はつむが高く飛ぶための翼になりたいとは思うけど、つむの足かせにだけはなりたくない』

ハルの想いに背中を押された。

「え？」

私のほうから誘ったことが意外だったらしい。松崎先生は目をパチパチさせている。

「お、おう。望むところや……けど……。ちょっと立ち直りが早すぎへん？」

私の情緒を案じるように尋ねる。

「大丈夫です。フラれてヤケになってるわけじゃありません。もう会えないっていうことは、六年前からわかってたんで」

「そ、そうなん？　それでも六年も思い続けてたんや……。ものすごいガッツやな。う、うん、ナイス・ファイトや」

松崎先生が感心したように言う。

「よっしゃ、わかった。持って帰ってやろうと思ってた仕事、ソッコーで片づけるわ。待っとけよ、スカイツリー」

気合の入った顔で、彼はデスクに積み上げていた書類に手を伸ばした。

「読書クラブ存続の件は明日がタイムリミットですので、川原先生、もういい加減、あきらめてくださいね」

九月の終わりに開かれた職員会議の最後に、木村教頭から、そう釘をさされた。

「いやいや。ちょっと待ったってください。今日の放課後、入部希望者が殺到する予定なんで」

松崎先生のジョークが空回りする。入部者のあてがないことはみんなが知っている。私も含め、だれも笑っていなかった。

放課後、ため息をつきながら、片づけのために部室へ入った。

三年生が卒業するまで活動は継続(けいぞく)されるのだが、思い出のつまった文集や写真が勝手に捨てられてしまう前に、持ち帰りたかった。

「ここもなくなっちゃうのか」

あの頃、お気に入りの物語について部員たちと熱く語り合った、楕円形のテーブルをなでる。

「懐かしいなぁ……」

本棚には歴代の部員が残したレポートとアルバム。数冊しか手にとったことはないけれど、きっとすべてのファイルに文学への想いがつまっている。

自分が書いたものを探して、二〇一〇年という背表紙のファイルを手に取り、開いてみた。

【『古都』の舞台を訪れて　二年一組　藍沢紬葵】

あった、あった、と再生紙に打ちだされた文字に目を凝らす。

【ようやく残暑もやわらいだ晩秋の昼下がり、私は川端康成の長編小説『古都』の舞台となった祇園四条（しじょう）と北山を訪れた】

「うわ、今読むと恥ずかし……」

京都を散策した時のことが、気取った文章でしたためられている。まるで文豪気どりだ。

自分で自分の文章を読んで顔を熱くしていた時、部室のドアがコンコンとノックされた。

「あれ？　高村くん？」

振り返ると、下校したと思っていた高村くんが入り口に立っている。

「入部希望なんですけど」

「え？」

「入って？」

彼が廊下に合図を送ると、彼の後から十人ほどの女子がゾロゾロ入ってくる。

「ホントに？」

「だから、俺ひとりだけ入部してもムダだって言ったろ？」

高村くんが私をからかうように笑う。

こんなに集めてくれたんだ……。

入部希望者の中には、とても読書が好きとは思えないような、茶髪でうっすらとメイクしている子もいた。多分、この女子の中の数人は、本よりも高村くんがお目当てなのだろう。

最近の高村くんは、なにかが吹っ切れたように快活になり、クラスでも中心的な存在になっている。勉強もスポーツもトップに返り咲いたこともあり、女子の注目を集めているのは感じていた。

まぁ、本に興味を持つきっかけはなんでもいい。私なんて、最初はただの現実逃避だったのだから。

「ありがとう、高村くん」

廃部が回避されたことにとりあえずホッとしながらお礼を言うと、高村くんは照れくさそうに笑って、「顧問なんだから、新入部員になにか挨拶しなよ」と促す。

「こんなことになると思わなかったから、なにも考えてなかった……」

うーん、と頭をひねる。

「じゃ、みんなとりあえず、こっちに座ってください」

私は懐かしい匂いのする部室で、生徒たちに向かい、図書クラブの活動趣旨を説明した。

「本の世界にのめり込んだ時、頭の中でその舞台となった町を想像しますよね。けれど、実際にそこを訪れてみると、日差しだったり、独特の湿度だったり匂いだったり、いろいろなものが肌で感じられて、平面で想像していた世界が、今度は立体になって広がるような感覚になって、より親しみを感じることができるんです」

不思議と、クラスで授業をしている時よりも、先生になったという実感がある。

「私は実際、自分の目で京都の北山杉を見た時、想像以上の美しさに感動しました。苗子というヒロインは、こんなすがすがしい景色を見て育ったからこそ、どんなに貧しくても、あの切ないまでの奥ゆかしさと素朴な強さを内面に秘めているのだと納得しました」

一番後ろの席で、私の熱弁にハルが耳を傾けているような気がした。高校生の時のままの姿で、笑って見守っている。

そのせいか、私は生徒たちを見ながら、落ち着いて話すことができた。

ハル。私、ハルみたいに一日一日を精いっぱい生きていくね。

心の中でそう誓う。

ハルならきっと、毎日、全力投球で教壇に立つと思うから。

「最後になりましたが、入部してくださった皆さんに、私から言葉を贈ります」

私は深く目を閉じ、頭の中にハルの姿を思い描いた。

――すべてのことは、願うことから始まる。

ラストレター／了

あとがき

まずはこの本を手にとってくださった全ての皆様、本当にありがとうございます。

そして、いつも拙作を応援して下さっている皆様にも深く感謝申し上げます。


さて、本作はスターツ出版文庫という文庫ラインの性質上、十代の読者様を想定しつつも、十年後、二十年後にも読み返せる物語、ということを念頭に書き始めました。

実はこれまで私は、十代向けの物語というものを書いたことがなく、そういう意味では一種の挑戦だったような気がします。

そうして、自信がないままにこの物語を書き始めた時、私の頭の中にはひとつの後ろ姿がありました。その背中を追いかけるような気持ちで書き進めていたような気がします。

数年前、お友達の息子さんが、ある病気で近所の病院に入院されていました。

彼は当時まだ小学生。元気なサッカー少年だった男の子が、突然、発病しての入院でした。寡黙(かもく)だけれど、元気にボールを追いかけていた姿しか知らなかっただけに私も大きなショックを受けました。

病状が落ち着いたと聞いてお見舞いに行くと、ちょうどその男の子が病院でも授業が受けられる院内学級に向かうところでした。手首につながる点滴を吊るしたキャスターを押して、辛そうに歩いていく小さな背中。

お母さんから毎日辛いと言って泣いている、と聞いて、我慢強い男の子だっただけに、本当に胸が痛んだのを覚えています。

ふだんは忘れている、『毎日を健康に、そして普通に生活できる幸せ』を改めて感じ、彼の命がとても愛おしく、かけがえのないものに思えました。

その男の子も、今ではすっかり元気になり、中学生になっていますが、あの時にみた悲愴感の漂う背中は今も忘れられません。命よりも大切なものなんて存在しないのだ、と改めて思い知らされました。

この物語を読んで下さった皆様とも、その気持ちを共有できたなら幸いです。

最後になりましたが、編集の森上様、相川様、依田様、そしてイラストレーターの沙藤しのぶ様、アドバイスをくれたお友達の由実さん、それから、本作が書籍になる手助けをしてくださった全ての皆様、本当にありがとうございました。

二〇一七年四月　浅海ユウ

この物語はフィクションです。実在の人物、団体等とは一切関係がありません。

浅海ユウ先生へのファンレターのあて先
〒104-0031　東京都中央区京橋1-3-1　八重洲口大栄ビル7F
スターツ出版(株)書籍編集部 気付
浅海ユウ先生

ラストレター

2017年4月28日　初版第1刷発行

著　者　浅海ユウ　©Yu Asami 2017

発 行 人　松島滋
デザイン　西村弘美
D T P　久保田祐子
編　　集　森上舞子
　　　　　ヨダヒロコ（六識）
発 行 所　スターツ出版株式会社
　　　　　〒104-0031
　　　　　東京都中央区京橋1-3-1　八重洲口大栄ビル7F
　　　　　TEL　販売部　03-6202-0386（ご注文等に関するお問い合わせ）
　　　　　URL　http://starts-pub.jp/
印 刷 所　大日本印刷株式会社

Printed in Japan

乱丁・落丁などの不良品はお取り替えいたします。上記販売部までお問い合わせください。

本書を無断で複写することは、著作権法により禁じられています。

定価はカバーに記載されています。

ISBN　978-4-8137-0246-7　C0193

スターツ出版文庫　好評発売中!!

『神様の願いごと』　沖田 円・著

夢もなく将来への希望もない高2の七槻千世。ある日の学校帰り、雨宿りに足を踏み入れた神社で、千世は人並外れた美しい男と出会う。彼の名は常葉。この神社の神様だという。無気力に毎日を生きる千世に、常葉は「夢が見つかるまで、この神社の仕事を手伝うこと」を命じる。その日を境に人々の喜びや悲しみに触れていく千世は、やがて人生で大切なものを手にするが、一方で常葉には思いもよらぬ未来が迫っていた――。沖田円が描く、最高に心温まる物語。

ISBN978-4-8137-0231-3 ／ 定価：本体610円＋税

『放課後図書室』　麻沢 奏・著

君への想いを素直に伝えられたら、どんなに救われるだろう――。真面目でおとなしい果歩は、高2になると、無表情で掴みどころのない早瀬と図書委員になる。実はふたりは同じ中学で“付き合って”いた関係。しかし、それは噂だけで、本当は言葉すら交わしたことのない間柄だったが、果歩は密かに早瀬に想いを寄せていて…。ふたりきりの放課後の図書室、そこは静けさの中、切ない恋心が溢れだす場所。恋することの喜びと苦しさに、感涙必至の物語。

ISBN978-4-8137-0232-0 ／ 定価：本体570円＋税

『星の涙』　みのり from 三月のパンタシア・著

感情表現が苦手な高2の理緒は、友達といてもどこか孤独を感じていた。唯一、インスタグラムが自分を表現できる居場所だった。ある日、屈託ない笑顔のクラスメイト・颯太に写真を見られ、なぜかそれ以来彼と急接近する。最初は素の自分を出せずにいた理緒だが、彼の飾らない性格に心を開き、自分の気持ちに素直になろうと思い始める。しかし颯太にはふたりの出会いにまつわるある秘密が隠されていた…。彼の想いが明かされたとき、心が愛で満たされる。

ISBN978-4-8137-0230-6 ／ 定価：本体610円＋税

『あの頃、きみと陽だまりで』　夏雪なつめ・著

いじめが原因で不登校になったなぎさは、車にひかれかけた猫を助けたことから飼主の新太と出会う。お礼に1つ願いを叶えてくれるという彼に「ここから連れ出して」と言う。その日から海辺の古民家で彼と猫との不思議な同居生活が始まった。新太の太陽みたいな温かさに触れて生きる希望を取り戻していくなぎさ。しかし、新太からある悲しい真実を告げられ、切ない別れが迫っていることを知る――。優しい言葉がじんわりと心に沁みて、涙が止まらない。

ISBN978-4-8137-0213-9 ／ 定価：本体540円＋税